PiT VOGT

KIDS

X

fantasy
for kids

Idee, Design & Layout: P i T
Alle Stories sind frei erfunden.

Impressum

Herstellung und Verlag:
BoD - Books on Demand, Norderstedt
ISBN 978-3-7460-2608-4

© 2018

Kids X

Kids X – One

Sarah liebte den Reitsport über alles. An dutzenden Turnieren hatte sie bereits teilgenommen und etliche Pokale gewonnen. Sie war eine Meisterin und die Leute ihrer Stadt waren sehr stolz auf sie. Sarah liebte ihr Rennpferd so sehr, dass sie in ihrem Testament festlegte, es sollte in ihrem Todesfall niemals an Fremde verkauft werden und nach seinem Tod neben ihr auf dem Friedhof beerdigt werden. Und es war seltsam, kurz nachdem sie dieses Testament beim Notar hinterlegte, verunglückte sie bei einem Turnier so schwer, dass sie an den komplizierten Verletzungen verstarb. Die Leute in der Stadt waren bestürzt und konnten es einfach nicht fassen. Es war eine mitreißende Beerdigung und sie bekam von ihrer Schwester Irene, die als einzige Angehörige noch lebte, einen großen naturbelassenen Stein auf dem Friedhof gesetzt. Doch Irene hatte noch ein wenig mehr vor. Sie wollte für Sarah eine Gedenktafel in die Mauer der Rennbahnanlage einsetzen lassen. So viele ihrer Fans und Anhänger wollte es und unterschrieben deswegen eine Petition, welche dem Eigentümer der Reitbahn übergeben werden sollte. Irgendwann ging Irene zu Arnold Hiller, dem Eigentümer der Rennbahn, um ihm diese Petition zu übergeben. Doch Hiller schien nicht sonderlich erfreut von diesem Vorschlag, eine Gedenktafel in die Mauer rund um seine Anlage einsetzen zu lassen. Im Gegenteil, er verwies Irene auf dutzende von Bestimmungen, die es angeblich nicht zuließen, dass so etwas getan werden konnte. Als er auch noch mit diversen Gesetzen kam, wurde Irene wütend und verließ aufgebracht Hillers Anwesen. Sie wusste nicht, was sie tun sollte und wollte sich Rat bei ihren Freundinnen holen. Doch die zuckten nur ratlos mit den Schultern und konnten ihr nicht weiterhelfen. Eine riet ihr sogar, sich einfach damit abzufinden. Vielleicht wäre das besser so und würde ihr viel Ärger ersparen. Aber Irene war nicht so gestrickt, klein beizugeben. Sie war wie Sarah eine Kämpfernatur und hatte in ihrem Leben schon eine Menge durchgeboxt. Doch in diesem Falle schien auch sie machtlos zu sein. Als sie nach ihrem erfolglosen Besuch bei Hiller nach Hause kam, streichelte sie Sarahs Pferd, welches sie auf ihrem Hof in einer Box pflegte und legte sich ins Stroh. Weinend und schluchzend berichtete sie dem Pferd, was sie soeben erlebt hatte. Sie konnte sich einfach nicht mehr beruhigen und schaute dem Pferd in die dunklen Augen. Und irgendwie schien es ihr, als ob das Pferd ihre Worte verstand. Es scharrte mit den Hufen und nickte immerfort mit seinem Kopf. Dabei prustete es laut und warf seine Mähne in schnellem Wechsel hin und her. Irene schien es, als sei das Pferd wütend, ja sogar aufgebracht. Aber sie konnte es dennoch nicht ändern. Und es tat ihr so unendlich leid. Sarah würde wohl irgendwann in Vergessenheit geraten, wenn sie nicht einmal in der Lage war, eine lächerliche

Gedenktafel an dem Ort ihres Erfolges anzubringen. Sie fühlte sich schlecht und gemein. Und sie fühlte sich irgendwie schuldig. Aber sie war wohl zu müde, um sich an diesem Abend noch länger Gedanken zu machen. Total erschöpft und traurig schlief sie schließlich in der Box ein. Hiller hingegen schien es blendend zu gehen. An diesem Abend gab er eine Party. Seine zweifelhaften Freunde, die sich von einer Fete zur anderen soffen, waren zahlreich erschienen und ließen sich von ihrem Gastgeber fürstlich bewirten. Als die Party so gegen Mitternacht langsam zu Ende ging, wollte auch Hiller todmüde ins Bett fallen. Doch er hatte wohl einen zu viel in der Krone und torkelte, statt ins Bett zu gehen, durch seinen verlassenen Garten. Auf einem der Tische entdeckte er noch eine halbvolle Champagnerflasche und setzte sich, um sich diesen letzten Schluck zu genehmigen. Als er sich das Glas füllte, vernahm er plötzlich ein seltsames Geräusch aus dem angrenzenden Gebüsch. Er glaubte, einer der Gäste hätte den Ausgang nicht gefunden und stand auf, um nachzuschauen. Doch im Gebüsch war keeswegs ein verirrter Gast. Mit einem heftigen Satz sprang ihm ein Pferd entgegen: Sarahs Pferd! Hiller erkannte es sofort! Erschrocken versteckte er sich hinter einem dicken Baumstamm und wusste nicht so recht, ob er träumte oder ob das, was er da sah, wirklich real war. Das Pferd bäumte sich auf und schlug mit seinen Vorderhufen heftig gegen den Baum. Hiller bekam Panik und rannte los.

Vielleicht erreichte er ja das Haus, bevor dieses wild gewordene Pferd ihn eingeholt hatte. Doch plötzlich stand das Pferd wie ein Geist genau vor ihm. Er wandte sich ab und wollte in entgegen gesetzter Richtung davonrennen. Doch es war umsonst, denn wieder stand das Pferd vor ihm und bäumte sich bedrohlich auf. Hiller wusste nicht mehr, was er tun sollte. Wimmernd fiel er auf die Knie und rief schuldbewusst: „Ja, ich weiß, warum Du hier bist! Aber ich kann keine Gedenktafel anbringen lassen. Die Gesetze." Weiter kam er nicht. Das Pferd machte einen riesigen Satz und sprang über Hillers Kopf hinweg. Dann versetzte es Hiller einen deftigen Stoß mit seiner Schnauze, sodass dieser in hohem Bogen ins Gebüsch fiel. Als er wieder zu sich kam, stand das Pferd schon wieder laut wiehernd vor ihm. Hiller flehte das Pferd an, ihm nichts zu tun. Er würde alles tun, was möglich war, um diese Gedenktafel an der Mauer anzubringen. Das Pferd machte noch einen Satz in Hillers Richtung, dann sprang es mit kraftvollen Sätzen davon und wieherte dabei derart seltsam, dass es sich anhörte, als ob es lachte. Hiller, der noch immer nicht fassen konnte, was da eben geschehen war, raffte sich auf und rannte so schnell er konnte ins Haus. Am folgenden Tag klingelte das Telefon schon sehr früh am Morgen bei Irene. Sie wunderte sich, denn sie wollte gerade in ihren kleinen Laden in der Stadt fahren. Am anderen Ende war Hiller. Er versicherte Irene, dass er eine Gedenktafel für Sarah organisiert habe, die noch am gleichen Tage an der Mauer der Rennbahnanlage angebracht werden sollte. Irene konnte es nicht glauben, fragte Hiller, warum er seine Meinung so plötzlich geändert hatte. Doch dieser schwieg eine Sekunde und meinte dann verstört, dass er noch einmal darüber nachgedacht hätte und nun ebenfalls der Meinung war, Sarahs Erfolge entsprechend zu würdigen. Immerhin hätte sie ja der ganzen Stadt Ruhm und Ehre zukommen lassen. Recht schnell beendete Hiller das Telefonat und fragte zum Abschluss Irene, ob das Pferd noch in seiner Box ihres Hofes stünde. Irene wunderte sich sehr und versicherte ihm, dass das Pferd natürlich noch dort sei. Sie sagte, dass es ihm gut ginge und die Box die ganze Nacht über abgeschlossen war, sodass Sarahs geliebtes Pferd nicht weglaufen konnte …

Das Auto

Ted hatte nicht sehr viel Erfolg in seinem Leben. Schon als Kind erkrankte er derart schwer, dass ihn die Ärzte bereits aufgaben. Nur das beherzte Eingreifen seiner Eltern bewahrte Ted vor dem sicheren Tod, in dem sie ihn schnellstens in eine andere Klink brachten. Und so sollte es weitergehen. Die Schule schaffte er mit Müh und Not und als es um eine Berufsausbildung ging, wusste er nicht, was er lernen sollte. Nur ungern verdingte er sich in einem Restaurant und hasste jeden Tag, an welchem er sich von den dortigen Angestellten erniedrigen lassen musste. So gab er irgendwann diesen ungeliebten Job wieder auf. Es folgten lange Zeiten, in welcher ihn einfach keiner einstellen wollte. Und seine Vermittlerin auf dem Amt hatte nichts weiter zu tun, als ihn immerzu in irgendwelche Jobs zu vermitteln, die sonst niemand wollte. Man schickte ihn schließlich von einem sinnlosen Lehrgang zum anderen. Doch einen anständigen Job bekam er einfach nicht. Wegen all dieser furchtbaren Niederlagen in seinem Leben freute es ihn umso mehr, als ihm seine Mutter eines Tages ein kleines Auto schenkte. Damit konnte er wenigstens ein bisschen draußen herumfahren und Mutter meinte immer, dass ihm dieses kleine Auto vielleicht einmal Glück bringen würde. Doch die Jahre vergingen und das Auto war auch nicht mehr so neu wie einst. Mit der Zeit bekam es viele unansehnliche Stellen und etliche

Dellen, die den Wert des Wagens stark beeinträchtigten. Ted wusste nicht, welches Glück ihm dieser alte Wagen noch bringen sollte. Er schaute in die Listen, welche den aktuellen Wert des Fahrzeuges angaben. Und traurig musste er feststellen, dass es sich nicht einmal lohnte, den Wagen zu verkaufen. Er musste sich eingestehen, dass er wohl nie mehr Glück haben würde und bis ans Ende seiner Tage arm und bedürftig bleiben müsste. Immer mehr zog er sich in seine winzige Wohnung zurück und fand kaum noch Spaß, überhaupt noch heraus zu gehen. Er schämte sich, in das alte Auto einzusteigen und damit herumzufahren. Selbst seine Nachbarn machten sich schon über ihn lustig und hänselten ihn, weil er als einziger in seinem Hause noch ein solch altes verbeultes Auto fuhr. Es kam so weit, dass Ted die wichtigsten Dinge nur noch abends, wenn es schon dunkel war, erledigte und sich kaum noch aus dem Hause wagte. Und immer öfter dachte er darüber nach, endgültig aus dieser Gegend weg zu gehen. Seine Mutter hingegen versuchte ihn zu beruhigen. Sie meinte, dass sie es genau wüsste, dass auch für ihn einmal der große Tag käme. Er sollte nur Geduld haben. Dann würde alles gut werden. Außerdem sollte er nicht immer auf sein Auto schimpfen, sondern lieber stolz sein, überhaupt ein Auto zu besitzen. Denn obwohl es alt war, konnte er mit ihm noch sehr agil sein. Ted fiel es schwer, sich angesichts der harten Tatsachen, die sein Leben für ihn bereithielten, zu motivieren. Dennoch gab er nicht auf. Zwar ging er noch immer nicht oft unter Menschen, doch er sah nicht mehr alles so schwarz, wie in der vergangenen Zeit. Er versuchte, wieder zu leben. Aber es gelang ihm einfach nicht so recht. Zu schwer wogen die vielen schlimmen Jahre und die unendlichen Enttäuschungen, die er mit den Menschen hatte. Oft weinte er und gab sich seinem Schicksal hin. Und wie er eines Abends mit seinem alten Auto vor seinem Hause parkte, kam ihm die Idee, über sein verkorkstes Leben zu schreiben. Nur, wie sollte er das anstellen. Wen interessierte schon der üble Lebensweg eines Mannes, der kein Geld hatte und mit einem alten verbeulten Auto abends durch die vergessenen Wege seiner Umgebung fuhr. Niemand würde sich für diese hoffnungslose Geschichte interessieren. Als er so hinter seinem Lenkrad saß, begann dieses plötzlich magisch zu leuchten. Es war nur ein kurzer Lichtschein, aber Ted bemerkte ihn und nahm sofort die Hände vom Lenkrad. Was konnte das nur gewesen sein? Irritiert schaute er unter das Armaturenbrett und befühlte das Lenkrad von allen Seiten. Doch da war nichts, was hätte leuchten können. Vielleicht hatte er sich nur geirrt, oder es war ein anderes Fahrzeug vorbeigefahren und dessen Lichtschein war auf das Lenkrad gefallen. Aber plötzlich begann das Lenkrad erneut in kurzen Abständen aufzuleuchten. Wenige Sekunden erstrahlte es in hellem Licht und Ted starrte es erschrocken an. Nein, er hatte sich nicht geirrt, das Lenkrad leuchtete tatsächlich.

Was hatte das nur zu bedeuten? Er untersuchte das Fahrzeug, fand jedoch nichts, was auf das Leuchten des Lenkrades hinwies. Da ihn dieser merkwürdige Vorfall derart verwirrte, entschloss er sich, darüber zu schreiben. Er schrieb über sein altes Auto. Und es wurden wunderschöne, gefühlvolle Kurzgeschichten, die er nach einem Jahr harter Arbeit schließlich einem Verlag anbot. Der zeigte sich sehr interessiert und wollte seine Geschichten für ein geringes Entgelt tatsächlich verlegen. Ted konnte es beinahe nicht glauben. Er lieh sich das Geld von seiner Mutter, die zwar auch nicht viel besaß, aber etwas in sich spürte, was alles Geld der Welt aufwog, den Glauben an ihren Sohn. Der Tag der Veröffentlichung rückte immer näher und Ted verließen einmal mehr der Glaube und die Hoffnung an sich selbst. War er wirklich so gut? Taugten seine kleinen Geschichten, um sich in der riesigen bunten Welt der Literatur zu behaupten? Immerhin kannte ihn niemand, lediglich seine Geschichten konnten die Menschen überzeugen, oder eben auch nicht. Tagelang aß er kaum etwas und fühlte sich nicht sehr wohl. Doch seine Mutter machte ihm Mut. Sie wusste, dass er es schaffen würde. Und sie glaubte fest daran, dass sein erstes Buch ein Riesenerfolg werden würde. Seltsamer weise ließ sie sich nicht abbringen von der Überzeugung, dass ihn die Menschen das erste Mal in seinem Leben lieben würden. Sie sah es in ihren Träumen und als schließlich eine seltsame Gestalt mit großen weißen Flügeln an ihrem Schlafzimmerfenster vorüberflog und sie ein seltsamer warmer, angenehmer Hauch umfächelte, wusste sie es ganz genau. Teds Buch würde die Welt erobern! Als das Buch erschien, war Ted nur noch ein wandelndes Nervenbündel. Er wusste gar nicht, wie er sich fühlen sollte. Doch er hatte sich völlig umsonst so sehr geängstigt. Das Buch mit den Geschichten von seinem kleinen alten Auto wurde ein Bestseller und wurde millionenfach verkauft. Außerdem rissen sich die Fernseh- und Radiostationen um ihn. Jeder wollte diesen großen Autor, der solch liebevolle und hoffnungsvolle Geschichten schrieb, kennen lernen. Alle wollten ihn sehen und Ted konnte nicht fassen, welch Glück da plötzlich in seinem Herzen war. Nur seine Mutter wunderte sich nicht darüber. Denn sie hatte es immer gewusst. Dieses kleine alte Auto würde ihrem Sohn einmal Glück bringen. Sie hatte immer an ihn geglaubt und gewusst, dass auch er einmal glücklich sein würde. Ted konnte sich nun hunderte der tollsten Autos kaufen, doch er tat es nicht. Er ließ das alte Auto aufarbeiten und engelsweiß lackieren. Als er eines Abends in sein neu gestaltetes Auto stieg, die bequemen Polster spürte und sich an die alten schlimmen Zeiten erinnerte, die doch voller Liebe und Bescheidenheit waren, fiel sein Blick automatisch auf das Lenkrad. Doch was war das? An der Stelle, wo die Fahrzeughersteller für gewöhnlich ihr glänzendes Label platzierten, befand sich kein Label. Inmitten des Lenkrades

glänzte etwas völlig anderes. Vor Teds Augen
leuchtete das Bildnis eines kleinen Engels ...

Sag mir, wo der Glücksstern ist
Sag, wann geht's mir wieder gut
Hab den Glücksstern so vermisst
Sag mir, wo mein Glücksstern ist
Ist er Wahrheit oder Trug

Sag mir, wo das Leben ist
Sag, wann geht die Trauer fort
Hab das Leben so vermisst
Sag mir, wo mein Leben ist
Ist's vielleicht am fernen Ort

Sag mir, wo die Träume sind
Ich lieg wach und träum nicht mehr
Wollt so träumen wie als Kind
Sag, wo meine Träume sind
Bring sie endlich wieder her

Sag mir, wo die Liebe ist
Sag, wann lieb ich tief und heiß
Hab die Liebe so vermisst
Spür, wie du mich plötzlich küsst
Und du sagst, dass ich es weiß

Vorfall

Immer interessierte ich mich für spannende Menschen. Die vielen unglaublichen Charaktere, diese unterschiedlichen Menschen, die oftmals im Verborgenen lebten und nicht erkannt werden wollten, interessierten mich. Und ich hatte wirklich das große Glück, so manch´ außergewöhnliche Menschen kennenzulernen und zu sprechen. An einem vollkommen unspektakulären Tag, als ich mit der U-Bahn zu einem ebenso uninteressanten Termin fuhr, war es wieder einmal so weit. Es war noch früh am Morgen und ich hatte alles andere vor als mich auf Leute zu konzentrieren, die sich in hektischer Gelassenheit durch die U-Bahnschächte zwängten, nur um so schnell als möglich ihren Zielen entgegen zu lechzen. Ich ergatterte an diesem Morgen sogar einen Sitzplatz. Noch einmal schaute ich meine Liste mit den Fragepunkten durch, die ich meinem Gesprächspartner in einem Institut stellen wollte. Mir gegenüber saß ein komischer Zeitgenosse. Er war so merkwürdig gekleidet. Und als ich meine Unterlagen wieder in die Tasche packte, beobachtete ich ihn eine Weile. Der seltsame Mann schien so um die Dreißig zu sein. Mit seinen dunklen, altertümlichen und vollkommen unpassenden Klamotten schien er sich irgendwie verstecken zu wollen. Möglicherweise hatte er den abstrusen Gedanken, sich in dieser überfüllten U-Bahn hinter all den unzähligen Leuten verbergen zu können. Nur, warum?

Führte er irgendetwas Unerlaubtes im Schilde? Er schien es zu bemerken, dass ich ihn beobachtete. Auch er musterte mich nun und verzog plötzlich sein Gesicht. Dann sprach er mich an und fragte mich, warum ich ihn so musterte. Dabei redete er so ungewöhnlich leise, dass es mir beinahe Angst machte, diesen Typen vor mir zu haben. Irgendetwas schien merkwürdig an diesem Kerl, keine Ahnung, was es war. Jedenfalls antwortete ich ihm nicht direkt, sondern stellte eine Gegenfrage. Ich wollte von ihm wissen, warum er sich so merkwürdig gekleidet hatte. Doch er wich aus, es war ja nicht anders zu erwarten, und er munkelte etwas von einer wichtigen Sache, die er erledigen müsste. Die U-Bahn ruckelte plötzlich und das Licht flackerte. Ich war einige Sekunden unaufmerksam und als ich mich wieder diesem Fremden widmen wollte, war der verschwunden. Nur, wie konnte das sein – in dieser so überfüllten Bahn konnte er doch unmöglich …

Ich konnte es nicht glauben und versuchte, ihn zwischen all den Leuten irgendwo zu sehen. Doch ich fand ihn nicht mehr und gab es schließlich auf, weiter nach ihm zu sehen. Ich widmete mich wieder meinem Interview, welches in wenigen Minuten starten sollte. Ich durfte auf gar keinen Fall zu spät kommen. Doch es kam natürlich genau so, wie es nicht kommen durfte, die U-Bahn blieb plötzlich auf offener Strecke stehen. Das Licht flackerte noch ein bisschen und dann wurde es still. Die vielen Leute versuchten, sich irgendwie einen angenehmeren Standplatz zu sichern. Dabei wurde das ohnehin schon unerträgliche Gedränge noch unerträglicher. Außerdem wurde es immer wärmer und es schien, als würde die Atemluft knapp. Mein Sitzplatz wurde zur unbequemsten Falle, die ich mir denken konnte. Ich kam weder von dort weg noch konnte ich mich durch die Scheibe, im Falle, es würde eine Notsituation eintreten, fliehen. Alle Wege waren versperrt. Plötzlich sah ich das Gesicht des fremden Mannes, der vorhin noch vor mir gesessen hatte. Doch es war nicht im Wagen, es schwebte vor der Fensterscheibe. Ich erschrak mich fürchterlich, doch ich bemerkte auch, dass es keinem der übrigen Fahrgäste aufgefallen war. Wie konnte das nur sein? Es war doch gut sichtbar? Oder doch nicht? Der Fremde gab mir irgendwelche Zeichen und ich gab mir Mühe, diese zu verstehen. Doch so sehr ich mich auch anstrengte, es gelang mir nicht. Und so zuckte ich eben hilflos mit den Schultern. Der Fremde wies mit seinen Händen immerzu nach vorn. Ich vermutete, dass vielleicht vor der Bahn irgendein Hindernis wäre, und sie deswegen nicht weiterfahren konnte. Die übrigen Fahrgäste bemerkten meine Gestikulation nicht, denn sie hatten genug mit sich selbst zu tun. Das kam mir zu passe-ungehindert unterhielt ich mich mit dem Fremden vor der Scheibe per Handzeichen und fühlte mich wie ein Gehörloser. Und ich staunte, dass ich diese vermeintliche, von mir erfundene Gebärdensprache so gut beherrschte. Wenn man etwas verstehen will oder auch muss, versteht man es eben auch. Der Fremde verschwand jedoch so schnell wie er erschienen war und ich wusste nicht, was ich nun tun sollte. Plötzlich geschah etwas Seltsames: die Türen der Bahn öffneten sich, und zunächst zögerten die Leute noch, auszusteigen. Doch die Enge wurde derart unerträglich, dass einer nach dem anderen auf das Schotterbett im Tunnel sprangen. Zwar war es stockdunkel dort draußen, doch das Licht, das aus den Bahnwaggons fiel, genügte, um das Stück des Tunnels wenigstens ein wenig auszuleuchten. Und so standen wir alle gut verteilt im Tunnel und mein Termin verfloss, ohne dass ich es ändern konnte. Ich konnte nicht einmal anrufen, denn es gab keinen Handyempfang. So schien es etlichen Mitreisenden zu gehen, denn das allgemeine Schimpfen ließ darauf schließen. Natürlich wollte jeder wissen, was los war.

Denn nichts war schlimmer, als diese Ungewissheit und die Unkenntnis darüber, was geschehen sein konnte. Und plötzlich stand der Fremde vor mir und lächelte mich an. Ich konnte seine vermeintliche Freude wirklich nicht verstehen, denn es gab keinen Grund zum Lächeln oder zum Fröhlich sein. Immerhin hatte ich soeben den Termin meines Lebens verpasst und brauchte wohl niemals wieder in meine Redaktion zurückfahren. Doch der Fremde sagte mit der mir schon bekannten leisen Stimme, dass alles seine Ordnung habe und alle gerettet seien. Wie recht er zu haben schien, bewies ein dubioser Vorfall, welcher sich kurz danach ereignete. Auf den Gleisen vor der Bahn erschienen einige Leute. Sie sahen furchtbar entstellt aus und ihre Kleider hingen ihnen in Fetzen am Leibe. Ihre Gesichter waren blutverschmiert und mit seltsamen schwarzen Beulen behaftet. Sie kamen immer näher heran und wir standen zitternd und schweigend an den Tunnelwänden. So etwas hatte wohl keiner je gesehen. Auch der Fremde schien beunruhigt. Wer waren all diese grausig zugerichteten Leute? Wo kamen sie nur her? Kurz vor der Bahn blieben sie stehen, denn plötzlich begann die Luft zwischen der Bahn und dieser monsterähnlichen Menschengruppe zu leuchten. Dieses Licht wurde immer heller und der Fremde, der neben mir stand, ging geradewegs auf diese Lichterscheinung zu. Die fremde Menschengruppe wollte noch etwas tun, doch sie schienen zu schwach, um sich gegen diese Lichtwand zu wehren. Einige schlugen mit den Händen auf die Lichtwand ein, doch die aus der Lichtwand zuckenden Blitze drängten sie wieder zurück. Als sie bemerkten, dass sie nicht durch die Wand dringen konnten, zogen sie sich wieder in die Dunkelheit der Tunnelröhre zurück. Ich fragte mich so langsam, was für ein Horrorszenario hier ablief. Doch ich konnte es mir nicht erklären und so langsam richteten sich die Leute darauf ein, wohl etwas länger in diesem U-Bahnschacht campieren zu müssen. Von irgendwoher zog es ganz entsetzlich. Es wurde derart unerträglich, dass ich mir meine Jacke über die Ohren zog. Wieder erschien

21

dieser Fremde und sagte, dass alles gut würde. Die Rettungsmannschaften seinen bereits unterwegs. Und es schien, als wären seine Worte erhört worden. Aus der Ferne drangen Worte und plötzlich kamen sie, die Leute, die uns alle retten sollten. Sie waren mit merkwürdigen Kombinationen bekleidet, trugen überdies einen gläsernen Helm, sodass sie wie Astronauten aussahen. Sie baten uns, zurück in die Bahn zu steigen. Dann erschien ein Triebwagen, der uns zu einer U-Bahnstation, die wir bereits durchquert hatten zurückzog. Dort wurde es wieder etwas angenehmer und auch etwas heller. Jedoch standen überall diese merkwürdig gekleideten Menschen herum. Außerdem war die Station mit dutzenden Polizeikräften abgesperrt. Später erfuhr ich, dass es zu einer Virenkatastrophe gekommen war. Irgendjemand hatte wohl einen Anschlag geplant und auch teilweise ausgeführt. So war es ihm gelungen, einen Pesterreger im U-Bahnschacht auszusetzen. Die Bahn zuvor hatte es wohl erwischt. Wir hingegen wurden verschont. Allerdings wunderte man sich, dass unsere U-Bahn in der Tunnelröhre stecken geblieben war, was unser Leben rettete. Als die Leute, die mir in der Bahn fuhren, von dieser vermeintlichen Lichtwand erzählten, glaubte man ihnen nicht. Ich ersparte mir, nun auch noch das Erlebte zu berichten. Was zählte war nur, dass wir alle am Leben waren und uns irgendetwas vor dem sicheren Tode bewahrt hatte. Als ich Tage später erneut mit der U-Bahn zu einem Termin fuhr, entdeckte ich im Gedränge den rätselhaften Fremden. Er schaute zu mir und lächelte. Diesmal allerdings war er nicht so merkwürdig gekleidet. Sein ganzer Körper schien zu leuchten, doch die anderen konnten ihn vermutlich nicht sehen, denn keiner der Fahrgäste beachtete ihn. Und nun sah ich es genau: auf seinem Rücken leuchteten große weiße Flügel und ich wusste plötzlich, wer uns an jenem Morgen gerettet hatte.

Fische

Sally hatte sich mit seiner Frau Carolin an einem wunderschönen, malerisch gelegenen See in den Bergen niedergelassen. Die beiden waren Botaniker von Beruf und konnten dort wunderbar und effektiv ihren Forschungen nachgehen. Durch das Internet war es ihnen sogar möglich, von zu Hause aus zu arbeiten und die erzielten Forschungsergebnisse sofort an das Institut in der Stadt zu senden. Die Zeit verging und die beiden waren sehr glücklich am See. Eines Tages jedoch begann das Wasser des Sees ungewöhnlich stark anzusteigen. Der Wasserspiegel hatte bereits den Bootssteg überflutet und Sally wusste nicht, wie er diesem merkwürdigen Phänomen Herr werden könnte. Als er dies im Institut vorbrachte, wies man ihn auf die Klimaerwärmung hin, die vermutlich einige in den Bergen gelegene Gletscher langsam zum Schmelzen brachte. Sally blieb nichts anderes übrig, als sich damit abzufinden. Und als das Wasser bereits den wunderschönen Garten erreichte, den Carolin mit so viel Liebe angelegt hatte, mussten sich die beiden wohl oder mit dem Gedanken beschäftigen, aus dieser herrlichen Gegend weg zu gehen. Über diesen Entschluss wollte Sally zunächst mit dem Institutsleiter sprechen. Vielleicht gab es ja doch noch eine andere Lösung. Doch im Institut zeigte man sich nicht sehr optimistisch und man bot Sally zunächst eine Wohnung in der Stadt an. Diese war zwar ziemlich teuer, doch es musste wohl sein. Auf der Heimfahrt erreichte Sally ein merkwürdiger Anruf. Am Telefon war seine Frau und schien sehr aufgeregt zu sein. Sie redete hastig und nervös und das Telefonat wurde immer wieder durch lautes Knacken in der Leitung unterbrochen. Sally verstand nur so viel, wie: „Das Wasser kommt. Eine Flutwelle rast von den Bergen auf den See zu. Du musst unbedingt kommen!" Dann brach die Verbindung ab. Sally, der nicht glauben konnte, was er da hörte, gab Gas und war schon nach einer Stunde am See. Was er dort allerdings zu sehen bekam, jagte ihm einen ungeheuren Schrecken ein. Das Erdgeschoss des Hauses stand bereits unter Wasser. Und das Wetter verschlechterte sich mehr und mehr. Es goss in Strömen und die Wogen des Sees schlugen bedrohlich an die Hauswände. Glücklicherweise hatte er das Fahrzeug an einem höher gelegenen Waldstück, welches sie vor dem See befand, abstellen können. Von dort aus führte ein schmaler Pfad zum Haus. Doch auch dieser war schon überschwemmt. Carolin hatte ein kleines Ruderboot, welches in der Garage lag, mit den nötigsten Dingen bepackt. Doch allein konnte sie es unmöglich zum Wald bringen. Sally, der bis zum Haus geschwommen war, half ihr beim Rudern und gemeinsam schafften sie es gerade noch rechtzeitig bis zum Fahrzeug. In Windeseile luden sie die Taschen und die wenigen Gegenstände, die Carolin zusammen gepackt hatte in den Jeep. Da donnerte und grollte es auch schon bedrohlich aus Richtung der Berge. Das Grollen wurde immer lauter und mündete in ein unerträgliches Plätschern. Es rauschte und krachte und den beiden wurde es bereits angst und bange. Noch einmal schauten sie zu ihrem, langsam in den Fluten untergehenden Häuschen und hatten Tränen in den Augen. Als sie gerade abfahren wollten, bemerkte Sally im Rückspiegel etwas sehr Seltsames. Im aufgewühlten Wasser sprangen plötzlich dutzende großer Fische empor und fielen wieder in die Fluten zurück. Immer mehr dieser merkwürdigen Fische sprangen in den Fluten umher. Schließlich war über dem See eine riesige dunkle Wolke von Fischen, die munter und agil auf und nieder sprangen. Gleichzeitig donnerte eine Woge aus dem kleinen Flüsschen, welches aus den Bergen kam und den See ständig mit Wasser versorgte, heran. Vom Wagen aus konnten die beiden beobachten, welches Schauspiel sich dort unten am See abspielte. Und sie konnten es einfach nicht glauben, was dann geschah. Die Fische bildeten plötzlich eine Art Barriere. Es mussten Millionen dieser seltsamen Tiere sein, die gleichzeitig aus dem See in die Luft sprangen, just in jenem Moment, als die riesige Woge drohte, in den See zu donnern. Sie prallte gegen die immer zahlreicher nach oben springenden Fische und konnte auf diese Weise nicht in den See fließen.

Sie wurde abgelenkt und rauschte mit lautem Getöse in das hinter dem See befindliche unbewohnte Tal. Als sich die Lage beruhigt hatte, verschwanden die Fische wieder und das Wasser floss langsam ab. Schließlich konnten Carolin und Sally sogar mit dem Wagen bis zum Hause fahren. Denn die Fische hatten noch etwas getan. Mit ihren kraftvollen Bewegungen hatten sie eine Schneise in den Damm, der eigentlich das tiefer gelegene Tal schützen sollte, geschlagen. Alles Wasser, was zu viel im See war, floss nun dorthin ab. Aber auch das Tal wurde nicht überschwemmt. Denn unten im Tal floss ein schmales Flüsschen, der die ankommenden Wassermassen in sich aufnehmen konnte. Nur am Ufer des Flusses wurden einige Pflanzen und Bäume überschwemmt. Sonst passierte nichts. Die beiden Einsiedler konnten ihr Glück kaum fassen. Dass ihnen ausgerechnet Fische ihr Hab und Gut retteten, konnten sie nicht glauben. Aber sie wussten, was sie gesehen hatten. Und voller Glück und Erleichterung räumten sie das Auto wieder aus. Als das Haus wieder trocken war, renovierten sie es liebevoll und legten gleich noch einen höher gelegenen Pfad, der vom Haus zum Waldstück führte an. „Für alle Fälle", meinte Sally. Tage später fuhren die beiden wieder zum Institut in die Stadt und wussten nicht so genau, wie sie von den sonderbaren Erlebnissen am See berichten sollten. Sie entschlossen sich, nichts zu erwähnen, fragten nur nach, welche Fischart sich im See eigentlich angesiedelt hätte. Der Institutsleiter lachte laut und warf den beiden einen abschätzigen Blick zu. Dann sagte er: „In diesem See hat es noch nie Fische gegeben.

Das Wasser, das aus den Bergen kommt, ist viel zu kalt. Außerdem gibt es im See Abschnitte, wo eine für Fische sehr giftige Alge lebt, die sich mehr und mehr ausbreitet."

Yeti

Connie war Bergsteiger aus Leidenschaft. Er hatte bereits die höchsten Berggipfel in Europa erklommen. Einen Berg aber hatte er immer gemieden, den Mount Everest. Den höchsten Gipfel des Himalayas mit seinen etwa 8850 Metern hatte er sich bis zum Schluss aufgehoben. Doch diesmal spürte er es ganz deutlich, er musste unbedingt dort hinauf! Und er hatte sich monatelang darauf vorbereitet. Die umfangreiche Ausrüstung war komplett und zusammen mit seinem Freund Andy wollte er es nun endlich wagen. Selbst diverse Sauerstoffgeräte hatten sie sich besorgt. Es war dieses Gefühl, den Urgewalten der Natur ausgeliefert zu sein, allem Unbill des Wetters zu trotzen und sich Zentimeter um Zentimeter nach oben zu kämpfen, welches die beiden antrieb. Und es war diese unbeschreibliche Spannung, dieser unerklärliche Drang, dort hinauf zu müssen, welchen sie ständig, in jeder Sekunde in sich fühlten. Dieser Berg schien magisch zu sein. Und doch starben so viele dort oben in dieser eiskalten Einsamkeit. Allein die mörderische Kälte: 30, 40 Grad unter 0. Man konnte es nicht erklären, aber auch Connie und Andy wussten genau, dass sie allein gegen diesen Berg kaum eine Chance hatten. Doch sie wollten es wagen und am 27. Juli 1998 brachen sie schließlich auf. Es waren beschwerliche Wege, und immer wieder mussten sie in Zwischenlagern ausharren. Außerdem wurde ihnen bereits auf halbem Wege die Luft knapp. Merkwürdige körperliche Erscheinungen traten auf. Und am schlimmsten erwischte es Andy. Es schien, als ob er das Ganze nicht schaffen würde. Doch Connie, der regelrecht besessen war von diesem Berg trieb ihn an, baute ihn auf und gab ihm die nötige Kraft zum Weitermachen. Aber die fürchterlichen Höhenstürme und die beißende, zermürbende Kälte machten den beiden derart zu schaffen, dass ihnen die Kräfte beinahe versagten. Irrbilder und psychische Probleme verwandelten den Aufstieg zusätzlich in eine dramatische Tortur. Dass es so schwierig sein würde, hatten sich die beiden zwar schon gedacht, aber die Realität sah doch vollkommen anders aus. Im letzten Lager, in ungefähr 8000 Metern Höhe glaubten sie, sie seien fast am Ziel. Wie falsch diese Entscheidung war, bekamen sie wenig später zu spüren. Sie hatten den Weg durch steile Schneehänge und den tiefen Schnee bisher recht gut überstanden, da geschah das Unfassbare! Die Sauerstoffgeräte hatten plötzlich rätselhafte Defekte und funktionierten nicht mehr. Was für ein Desaster, ohne diese Geräte hatten sie nie geprobt, wie man unter derartigen Anstrengungen noch überleben konnte. So erlitt zunächst Connie, dann Andy einen Schwächeanfall. Sie fielen in den meterhohen Schnee und waren zwischen den felsigen Klüften kaum noch zu sehen. Und sie schienen in dieser gottverlassenen eisigen Hölle für immer verloren zu sein. Nur Andy hatte noch die Kraft, in diesem letzten

Moment um Hilfe zu rufen. Aber wer sollte ihn hören? Wer sollte jetzt noch zu Hilfe kommen? Zeit verging und Andy, der am längsten das Bewusstsein behielt, hatte wohl eine Halluzination. Wie in einem Wahn sah er große, weiß gekleidete Wesen auf sich zu kommen. Sie zogen merkwürdige, scheinbar schwebende Schlitten hinter sich her. Darauf legten sie zuerst Connie, dann ihn selbst. Immer wieder verständigten sich die merkwürdigen Wesen mit seltsamen Handzeichen und eigenartigen Lauten. Andy musste grinsen – waren das etwa Außerirdische, Aliens? Weiter konnte er nicht mehr denken, da wurde auch er bewusstlos. Es war so seltsam lau, als er seine Augen wieder öffnete. Um ihn herum war alles grün – befand er sich nun bei den Aliens? Außerdem duftete es so seltsam nach Gras und als er seinen Kopf ein wenig bewegte, entdeckte er Connie. Er lag wie auch Andy auf einer Pritsche, die mit Fellen bestückt war. Über ihnen entfaltete sich ein bräunlicher Himmel, nein, das musste eine Zeltplane sein! Außerdem waren sie nicht bekleidet, sondern lediglich mit dicken Fellen bedeckt. Nun wurde auch Connie wach. Er rekelte sich auf den Fellen und öffnete schließlich träge seine Augen. „Sind wir schon oben", fragte er irritiert und Andy musste laut lachen. Er klärte seinen Kameraden auf und beide wunderten sich darüber, dass sie offenbar aus ihrer misslichen Lage am Berg gerettet wurden. Da erschien ein fremder Mann im Zelt. Er war mit einer orangefarbenen Kombination bekleidet und fragte besorgt, wie es den beiden ging. Andy meinte, dass er sich ganz wohl fühlte und Connie nickte bestätigend. Dennoch fühlten sich die beiden noch sehr schwach. Auf die Frage, wer sie gerettet habe, antworte der Fremde, dass man sie auf einer Wiese am Fuße des Berges gefunden habe. Außerdem erklärte er, dass er einer Gruppe Geologen angehörte, die sich mit der Beschaffenheit des Wassers an dieser Stelle befassten. Dieses Zelt war eine der Unterkünfte der Forscher. Die beiden Bergsteiger wussten nicht, wie sie das deuten sollten. Sie konnten sich einfach nicht erklären, wer sie dort oben in dieser todbringenden Einöde, in diesem ewigen Eis, wo so schnell kein Mensch hinkam, gerettet haben sollte. Ohne Funkgerät und Helikopter wäre das doch vollkommen unmöglich. Auch der Forscher gab zu, dass ihm das komisch vorgekommen war. Aber er beschwichtigte die beiden sofort wieder. Er meinte, dass sie nicht so viele Fragen stellen sollten, sondern lieber froh sein müssten, dass sie noch lebten. Stunden später hatten sie sich schon recht gut erholt und sollten mit einem Helikopter des Forscherteams in ein Krankenhaus geflogen werden. Die beiden zogen sich ihre getrocknete und aufgewärmte Bekleidung über. Dabei fiel Andy ein Fotoapparat herunter. Er fand das seltsam. Denn er hatte das Gerät eigentlich gar nicht aus seinem Rucksack genommen. Vermutlich aber hatte er doch Fotos vom Berg und vom mühsamen Aufstieg geschossen. Er konnte sich nicht mehr daran erinnern. Neugierig geworden schaltete er das Gerät ein und betrachtete sich die Fotos. Allerdings, mehr als diese weiße ungastliche Unendlichkeit konnte man nicht erkennen. Nur eines der Bilder gab ihm zu Denken. Zwischen den weißen Dünen und den mit Schnee bedeckten Felsen der Bergketten glaubte er eine Person zu erkennen. Er bat den Forscher, sich die Bilder an einem Laptop anschauen zu dürfen. Dort könnte er alles genauer erkennen und die Fotos notfalls vergrößern. Gespannt saßen schließlich alle vor dem Monitor und schauten sich die Bilder an. Als Andy das Bild mit der vermeintlichen Person vergrößerte, traf die Anwesenden beinahe der Schlag, denn es war nicht einfach nur eine Person in weißer Kleidung. Es war ein großes menschenähnliches Wesen mit einem dichten weißen Fell, welches einen seltsamen, schwebenden Schlitten hinter sich herzog.

Der Schornsteinfeger

Simon wusste genau, dass nach der teuren Sanierung seiner Heizungsanlage nun auch noch der Schornsteinfeger kommen musste, um die Anlage abzunehmen. Doch am vereinbarten Tage kam er nicht und Simon machte sich schon Sorgen. Sollte er anrufen, nachfragen, ob er doch noch käme? Als er bei dem Schornsteinfeger anrief, meldete sich jedoch keiner. Da es bereits dunkel wurde, blieb Simon nur noch, bis zum nächsten Tage zu warten. Sollte der Schornsteinfeger dann nicht erscheinen, müsste er ihn persönlich aufsuchen. Denn bis zum Winter war es nicht mehr sehr weit und bereits jetzt zog ein eisiger Wind um die Häuser der kleinen Siedlung am Rande der Stadt. Als sich Simon am Abend in sein Bett legte, vernahm er ein seltsames Geräusch aus dem Keller. Außerdem roch es plötzlich im ganzen Haus entsetzlich nach Abgasen. Simon bekam es mit der Angst zu tun, glaubte schon, die neue Heizung wäre defekt. Er stand auf und zog sich etwas über. Dann griff er nach seiner kleinen Taschenlampe, die er für Notfälle immer neben seinem Bett deponiert hatte und begab sich in den Keller. Das Geräusch war dort am lautesten und Simon war sich sicher, dass es die neue Heizung sein musste, die solche merkwürdigen Geräusche von sich gab. Doch als er den Raum betrat, in welchem die Anlage stand, konnte er nichts Besorgniserregendes entdecken.

34

Aber Simon war sich sicher, dass dieses Geräusch aus diesem Raum kam. Plötzlich verdunkelte sich der Raum und pechschwarzer Qualm breitete sich in Sekundenschnelle überall aus. Simon wusste nicht, was das zu bedeuten hatte. Offenbar lag ein schwerwiegender Defekt vor. Aber diese Anlage war doch noch gar nicht in Betrieb. In dem beißenden Qualm konnte Simon kaum noch atmen. Doch so schnell, wie der Qualm kam, verschwand er auch schon wieder. Und anstelle des üblen Rauchs stand ein schwarz gekleideter Mann vor der Heizung. Simon konnte sich nicht erklären, woher der gekommen war. Außerdem sah der fremde Mann so seltsam fahl im Gesicht aus. Ging es dem Mann vielleicht nicht gut? Simon erkundigte sich zunächst bei dem Fremden, wie er in das Haus gekommen sei. Der fremde Mann, der zunächst regungslos im Raume stand, antwortete mit dünner Stimme: „Mein Name ist Müller. Ich bin der Schornsteinfeger. Ihre Heizung habe ich schon getestet. Sie ist in Ordnung." Simon wollte das natürlich schriftlich haben und der vermeintliche Schornsteinfeger versicherte ihm, dass er ihm die Unterlagen am nächsten Tag bringen könnte. Trotzdem Müller einen sehr zugänglichen Eindruck machte, fragte sich Simon ständig, wie er in das Haus gekommen war und wieso er seine Begutachtungen mitten in der Nacht durchführte. Er konfrontierte Müller mit seinen Fragen. Dieser wusste keine eindeutige Antwort und sagte nur, dass er einen Schlüssel erhalten habe. Außerdem hätte schon alles seine Richtigkeit, und da so manche Hausbesitzer ihrem Schornsteinfeger die Schlüssel des Hauses überließen, wusste Simon am Ende selbst nicht mehr, ob möglicherweise seine Frau, die sich zurzeit in einer Kur befand, Müller die Schlüssel gegeben hatte. Er fand sich damit ab und verabschiedete sich von Müller. Der schien es sehr eilig zu haben und lief schnellen Schrittes aus dem Hause. Am nächsten Tag musste Simon nicht lange warten. Schon recht früh am Morgen klingelte es an der Tür. Doch als Simon die Tür öffnen wollte, war da keiner davor. Stattdessen fand er einen großen Umschlag in seinem Briefkasten vor. Freudig überrascht stellte er fest, dass sich im Umschlag die erforderlichen Unterlagen des Schornsteinfegers befanden. Er konnte also ab sofort seine neue Heizung in Betrieb nehmen. Am Abend traf er sich mit einem Nachbar in einer kleinen Gaststube in der Siedlung. Die beiden hatten sich längere Zeit nicht gesehen und hatten sich nun eine Menge zu erzählen. Als Simon von dem merkwürdigen Schornsteinfeger Müller berichtete, wunderte sich sein Nachbar sehr darüber. Dem vollkommen überfahrenen Simon erzählte er schließlich, dass das überhaupt nicht sein könnte. Zufällig hatte er sogar einen Zeitungsartikel, den er vor Tagen ausgeschnitten hatte, dabei. Es handelte sich dabei um die Todesanzeige des betreffenden Schornsteinfegers. Demnach war Müller bereits vor zwei Wochen an einer schweren Krankheit verstorben.

Auch ein Foto hatten seine Angehörigen darun-tergesetzt. Es handelte sich tatsächlich um den gleichen Mann, der nachts bei Simon im Keller erschienen war. Als Simon seinem Nachbarn die unterzeichneten Unterlagen des Schornsteinfe-gers vorlegte, wussten beide nicht mehr, was sie sagen sollten. Tage später ließ Simon die Unter-lagen des Schornsteinfegers von einem Sachver-ständigen überprüfen. Der stellte fest, dass es sich um die Originalunterlagen des Schornstein-fegers Müller handelte. Sogar seine Unterschrift war echt.

Wunder

Kelly war vom Hals an gelähmt. Doch keineswegs war sie unglücklich oder gar traurig deswegen. Sie musste diese Krankheit schon seit ihrer Kindheit ertragen und hatte gelernt, damit umzugehen. Sie besaß einen PC, der mit Sprachsteuerung funktionierte und so saß sie von morgens bis nachts am Computer und chattete mit der ganzen Welt. Das machte ihr so großen Spaß, dass sie manchmal sogar das Essen vergaß. Jeden Tag kam ein Pfleger zu ihr. Er blieb dann bis abends und kümmerte sich wie ein Bruder um sie. Erst, wenn er sie ins Bett gebracht hatte, fuhr er wieder ab. So verging ein Tag nach dem anderen. Immer öfter jedoch sehnte sie sich nach einem Freund, der immer, auch nachts für sie da sein konnte. Sie brauchte jemanden, der mal mit ihr wegfuhr und etwas mit ihr unternahm. Doch jedes Mal, wenn sie im Internetchat von ihrer Behinderung schrieb, verabschiedeten sich die Chatpartner mit den kuriosesten Entschuldigungen. Kelly kannte das bereits und war gar nicht mehr traurig oder böse deswegen. Sie blickte in die Zukunft und wusste genau, dass genau dieser Mann einmal kommen würde. Bis zu jenem Abend, als es draußen regnete und ihr Pfleger gegangen war. Sie lag in ihrem Bett und musste plötzlich bitterlich weinen. Dicke Tränen rannen ihr übers Gesicht und in diesem Augenblick wünschte sie sich so sehr, dass jemand bei ihr wäre, der ihr die Tränen vom

Gesicht küsste. Doch sie wusste, dass das nicht passierte. Zumindest sah es nicht so aus, dass sie jemanden treffen würde. Längst war ihr Kopfkissen nass geweint, da schlief sie endlich ein. Zunächst versank sie in ihren allnächtlichen Vorstellungen, wie es wäre, wenn sie sich wie alle anderen Menschen bewegen könnte. Doch dann sah sie in der Ferne einen hellen Lichtpunkt. Sie wurde neugierig und es war ganz seltsam, sie wollte unbedingt zu diesem hellen Lichtpunkt. Und als ob dieses Licht von ihrem Wunsche erfuhr, kam es ihr entgegen. Es wurde immer größer und flirrte plötzlich vor ihrem erstaunten Gesicht. So etwas Wundervolles hatte sie noch niemals gesehen. In diesem Moment wusste sie, dass alles gut würde. Das Licht erschien ihr wie die Erfüllung eines Traumes. Und sie wollte nur noch eines, in dieses Licht hineintauchen! Sie streckte sich dem Licht entgegen. Doch das brauchte sie gar nicht. Das Licht vereinnahmte sie ganz und gar und sie fand sich in einer märchenhaften Welt wieder. Es war so hell, dass sich ihre Augen nur ganz allmählich an die Umgebung gewöhnten. Sie lag auf einer grünen Wiese zwischen dutzenden wunderschöner Blumen. Es duftete nach Rosen und nach Gras. Am Himmel war kein Wölkchen zu sehen. Am Rand der großen Wiese standen große starke Bäume. Und dazwischen entdeckte sie eine traumhaft schöne weiße Villa mit großen Säulen davor und einer Marmortreppe, die zum Eingang führte. So gern wollte sie in dieses herrschaftliche Haus, doch sie konnte ja nicht, doch halt, was war das, hatte sie sich nicht soeben bewegt? Aber das konnte doch gar nicht, oder? Tatsächlich, sie konnte sich bewegen! Mehr noch, sie konnte sogar aufstehen. Und da begriff sie es, sie war nicht mehr behindert. Mutig erhob sie sich und stand schließlich aufrecht auf der Wiese. Ja, sie hatte es aus eigener Kraft geschafft. Mehrmals kniff sie sich in die Beine, in den Körper, in die Arme – ja, sie fühlte es! Sie spürte jeden einzelnen Kniff. So gern hatte sie noch niemals „Aua" gerufen. Was für ein Gefühl, was für ein Leben, das da plötzlich in ihr steckte. Das musste ein Wunder sein, kein Zweifel! So etwas gab es in Wirklichkeit nicht. Sie stand auf einer Wiese und lief plötzlich los. Sie lief und lief, vorsichtig noch, aber zielsicher, geradewegs auf die weiße Villa zu. Als sie genau vor der breiten weißen Marmortreppe stand, atmete sie tief ein. Sie wollte diesen Augenblick, diesen famosen Moment des Glücks tief in sich einsaugen. Davon hatte sie doch immer geträumt. Endlich einmal leben, genießen. Sie betrat die erste Stufe und fühlte sich dabei so unendlich stark. Nein, so stark hatte sie sich noch niemals in ihrem Leben gefühlt. Jede einzelne Stufe genoss sei, erlebte sie, als sei es ein Tausendmeterlauf. Und sie stieg die Stufen empor, als würde sie in den Olymp aller Träume aufsteigen. Stolz und hoch erhobenen Hauptes setzte sie einen Fuß vor den anderen. Und es gelang. Noch immer konnte sie ihr Glück nicht fassen. Nun stand sie oben. Und sie blickte zurück. Unter sich erstreckte sich diese unendliche saftig grüne Wiese. Was für ein Anblick. Was für ein Genuss. Das sollte niemals mehr vergehen. Vor sich sah sie eine gläserne Tür. Sie war nur angelehnt und sie trat ein. Wie märchenhaft es doch dort drinnen aussah. Überall in dem riesig erscheinenden Raum standen helle Stilmöbel. Sie funkelten wie der weiße Marmorfußboden im hereinfallenden Sonnenlicht. So etwas Wunderschönes hatte sie wohl noch nie zu Gesicht bekommen. Ein lauer Wind umfächelte ihre Nase und wie aus dem Nichts stand da ein junger Mann in einem weißen Anzug. Seine langen goldenen Haare wehten in diesem lauen Sommerwind und es schien ihr, als schwebte der Mann vor ihren Augen im Raum. Lange schaute sie ihn an. Dann sagte sie leise: „Wo bin ich? Ist das alles wahr, was ich hier sehe? Und ich kann mich bewegen. Wie kann das nur sein?"

Der junge Mann lächelte sie an. Schließlich sagte er leise, und seine Worten hallten wie durch einen riesigen Saal: „Nein, Du träumst nicht. Es ist alles wahr, was Du erlebst. Du bist hier irgendwo. Freu Dich daran, denn das ist die Welt. Deine Welt. Sie ist wunderschön. Die Wiese, die Sonne, der Tag, alles ist heute nur für Dich. Wenn Du einen Wunsch hast, dann sage ihn jetzt. Er wird wahr werden."

Mit diesen Worten verschwand der junge Mann in einem weißen, schnell entschwindenden Nebel. Und Kelly brauchte eine kleine Weile, um sich wieder zu fangen. Dann sagte sie mit weinerlicher Stimme: „Hier ist es so wunderschön. Hier würde ich für immer bleiben. Aber ich wünsche mir, dass ich mich für immer so bewegen kann, wie jetzt. Mehr Wünsche habe ich nicht, eben nur diesen einen." Und die Stimme des jungen Mannes antwortete ihr und rief: „So soll es geschehen. Alles wird gut. Du musst nur ganz fest daran glauben." Es wurde wieder still und der laue Wind fächelte wieder die würzige frische Luft um Kellys Nase. Ach, könnte das doch alles für immer so sein, so dachte sie sich. Doch es schien, als würde sie etwas zurück auf die Wiese ziehen wollen. Sie wollte es erst gar nicht, doch dann sah sie einen beweglichen Punkt auf der Wiese. Dorthin sollte sie nun gehen. Sie lief die Marmortreppe hinab und lief über diese wunderschöne Wiese geradewegs zu diesem merkwürdigen Punkt hin. Dann verschwand das Licht, in welchem sie eben noch stand und entfernte sich mehr und mehr und immer schneller vor ihr. Sie war in den beweglichen Punkt eingetaucht und alsbald wurde es dunkel um sie herum. Als sie ihre Augen öffnete, sah sie eine Lampe über sich. Und ganz langsam kehrte sie in die Wirklichkeit zurück. Es war ein neuer Tag angebrochen und durch das geöffnete Schlafzimmerfenster drangen laute Kinderstimmen. Sie vermischten sich plötzlich mit dem Klappern eines Schlüsselbundes. Und ihr fiel ein, dass ihr Pfleger gleich erscheinen musste. So war es dann auch. Aber was war das – irgendetwas krabbelte auf ihrem Körper. Was konnte das nur sein, so ein Krabbeln kannte sie nicht. Was war das für ein sonderbares neues Gefühl? Der Pfleger kam ins Zimmer und begrüßte Kelly fröhlich. Doch Kelly war verunsichert und wies den Pfleger auf das seltsame Krabbeln an ihrem Körper hin. Der schaute sie nachdenklich an und klappte dann die Bettdecke zurück. Doch da war nichts, was hätte krabbeln können. Kelly lag ganz normal im Bett, doch halt, nicht ganz normal, da bewegte sich etwas. Und wirklich, sie hatte soeben ihre Beine bewegt. Ganz leicht nur, aber sie hatte es getan. Der Pfleger konnte es nicht glauben. Das konnte doch gar nicht möglich sein. Oder doch? Er wies Kelly darauf hin und bat sie, noch einmal die Beine zu bewegen. Und wie selbstverständlich funktionierte es.

Zunächst glaubten beide noch an ein vorübergehendes Muskelzucken. Doch das vermeintliche Muskelzucken endete mit dem Bewegen der Beine. Ganz bewusst und ohne Einschränkungen konnte Kelly wieder ihre Beine bewegen. Und was sie zunächst als Krabbeln bemerkte, war das Leben, welches in ihren gelähmten Leib zurückkehrte. Vorsichtig und ganz behutsam half ihr der Pfleger beim Aufstehen. Und wie in ihrem wundervollen Traum fühlte sie alles um sich herum. Sie nahm es bewusst wahr und sie spürte sich selbst. Ja, sie fühlte jeden einzelnen Millimeter ihres Körpers. Und sie war neugierig darauf, wie es wäre, wenn sie das erste Mal laufen würde. Der Pfleger brachte ihr alles bei. Stundenlang übten sie das Stehen, das Laufen, das Fortbewegen. Und irgendwann konnte Kelly sich bewegen, als sei sie niemals gelähmt gewesen. Welch eine Freude, was für ein unfassbares Glück, das sich da auftat. Was für ein wundervolles neues Leben, was da begann. Sie genoss jede Sekunde. Und sie erkannte plötzlich, dass sie es nur mit ihrem starken Willen schaffen konnte. Sie hatte niemals aufgegeben. Und sie wollte so gern leben. Ihr Pfleger konnte gar nicht sagen, wie glücklich er war, als er sie so sah. Die beiden verstanden sich so gut, dass sie sogar heirateten und sehr glücklich miteinander wurden. Und sie bekamen drei Kinder, die allesamt gesund und munter waren. Eines Tages sprach Kelly über ihren alten Traum. Nie hatte sie etwas davon erzählt, doch ihr Ehemann, der sie so viele Jahre aufopferungsvoll pflegte, sollte es schließlich wissen. Und als die beiden so auf der kleinen Veranda ihres Häuschens am Waldrand saßen und miteinander sprachen, spürte sie wieder diesen seltsamen lauen Wind, der wie früher schon einmal um ihre Nase fächelte. Da musste sie weinen und am Waldesrand sah sie einen jungen Mann mit langen goldenen Haaren und weißen Flügeln auf dem Rücken. Und plötzlich wusste sie, dass so manche Träume im Leben wahr werden können. Man muss nur ganz fest daran glauben.

Das Licht

Ich erinnere mich sehr oft an meine Jugendzeit. Besonders ein Erlebnis fällt mir immer wieder ein. Immer, wenn ich abends länger Dienst hatte, stellte Mutter ein kleines Lämpchen ins Fenster. Ich sah es schon von weitem und es leuchtete irgendwie magisch. Es zeigte mir schon vom Weitem dieses kleine Stückchen Heimat, diese Vertrautheit und ich liebte es so sehr. Es war ein Zeichen, welches mir meine Mutter gab, welches wohl sagen mochte: *Da ist jemand, der auf Dich wartet.* Weil die Straße kilometerweit schnurgeradeaus führte, sah ich das Licht schon, wenn ich auf unsere Straße einbog. Ich arbeitete zu dieser Zeit in einem anderen Stadtbezirk und oftmals endete meine Arbeitszeit, wenn die letzte Straßenbahn schon fort war. Dann hieß es für mich: *Heimlaufen!*

Ungefähr eine Stunde war ich unterwegs. Damals fürchtete ich mich noch nicht- ich war jung und voller Kraft. So glaubte ich, würde mir schon nichts passieren. Es war ein Freitagabend und mein Chef eröffnete mir, dass es auch an diesem Tage wieder länger dauern würde. Ich arbeitete damals in einem Restaurant und musste ebenso lange dableiben, bis der letzte Gast gegangen war. Diesmal jedoch wollten die Leute einfach nicht müde werden. Stundenlang hielten sie sich an einer Weinflasche fest und ich schaute besorgt zur Uhr. Meine Besorgnis schien berechtigt, denn die Uhr zeigte mir deutlich, dass ich nun die letzte Bahn verpasst hatte. Gegen 2:30 Uhr machte ich mich schließlich auf den Weg. Und es klappte wunderbar. Zwar konnte ich mich vor Müdigkeit kaum noch auf den Beinen halten, doch gegen 3 Uhr bog ich in die heimatliche Straße ein. Schon von weitem sah ich es wieder, unser Licht. Es leuchtete nur schwach, doch es leuchtete. Und allein das gab mir die Kraft, schneller zu laufen. Dieses Licht erschien mir immer wie Mutters Blick, wie ihre Gedanken, ihre Besorgnis, unbeschadet nach Hause zu kommen. Es war nicht mehr weit, da fiel mir eine dunkel gekleidete Gestalt in einem Hauseingang auf. Ich maß dieser Person keinerlei Beachtung zu und lief einfach weiter. Dennoch war mir nicht mehr ganz so wohl zumute. Ich lief auf der Straßenmitte. Es kam ohnehin kein Fahrzeug und dort war es hellsten. Immerzu schaute ich an die dunklen Straßenränder. Umzudrehen traute ich mich nicht. Ich befürchtete, in das furchtbare Antlitz eines Monsters schauen zu müssen. Es raschelte hinter mir und schwere Schritte, die langsam schneller wurden, jagten mir ein unerträgliches Angstgefühl ein. Panik machte sich in mir breit. Ich wollte rennen, doch ich konnte einfach nicht. Es war verrückt, obwohl ich mir immer vorgenommen hatte, bei Gefahr erst einmal loszurennen, funktionierte es in diesem Moment nicht. Es kam mir vor, als seien meine Beine gelähmt. Mein Herz jedoch sprang mir beinahe vor Aufregung aus der Brust. Was würde geschehen? War ich wirklich in Gefahr? Die Antwort erhielt umgehend. Irgendjemand hielt mich plötzlich von hinten fest. Das, wovor ich immer Angst hatte, war eingetreten: ich wurde überfallen. Dutzende Horrorszenarien liefen in Sekundenbruchteilen vor meinem inneren Auge ab. Ich sah mich bereits mit einem Messer in der Brust zu Boden sinken. Der Fremde war größer und kräftiger als ich und ich hatte keinerlei Chance gegen ihn. Er hielt mich fest und wollte mich zu Boden pressen. Plötzlich wurde es gleißend hell um uns. Ein unglaublich scharfer weißlicher Lichtstrahl, der einem Laser glich, fuhr auf den Fremden nieder. Der Lichtstrahl fuhr an dem Fremden hoch und herunter und brannte ihm dabei irgendetwas auf seine Kleidung. Dampfend ließ er von mir ab und schrie dabei ganz laut. Ich muss gestehen, dass ich mehr Angst vor seinem plötzlichen Geschrei hatte als vor diesem unbeschreiblichen rätselhaften Licht. Kurz gelang es mir, die Herkunft des Lichtstrahls zu erkunden. Nur schwer konnte ich es erkennen, aber es musste aus unserem Fenster kommen. Genau aus der kleinen Lampe, die Mutter immer eingeschaltet ins Fenster stellte, wenn ich nachts heimkam. Der Fremde lag auf dem Boden und ich rannte so schnell ich konnte die letzten Meter bis zu unserem Hause. Mit zittrigen Händen versuchte ich das Schlüsselloch ausfindig zu machen. Irgendwann gelang es mir endlich, die Tür aufzuschließen. Doch als ich die Tür zuschlagen wollte, war der Fremde schon wieder hinter mir. Er stellte seinen Fuß in die Tür, griff nach mir und fauchte mich an, ich sollte sofort öffnen.

Doch ich dachte an das Licht in unserem Fenster und wuchs plötzlich aus mir heraus. Ich versetzte dem Fremden einen heftigen Schlag mitten ins Gesicht. Der ließ mich los und ich konnte die Tür zuschlagen. Unglücklicherweise fiel mir dabei der Schlüssel herunter. Aber durch das Schlüsselloch fiel plötzlich wieder dieser grelle Lichtstrahl, und als der Fremde kurz darauf die Tür aufstoßen wollte, war diese verschlossen. Ich brauchte erst einmal Luft und atmete tief durch. Kraftlos lehnte ich an der Haustür und taumelte hin und her. Mir war schwindelig und ziemlich übel. Dieser unglaubliche Schock hatte sich auf meinen Magen und auf meinen Blutdruck gelegt. Nur mit großer Mühe torkelte ich nach oben zur Wohnung meiner Eltern. Aber was sollte ich tun? Die Polizei rufen? Doch bis die eintreffen würde, wäre der Täter längst verschwunden. Und an sein Aussehen konnte ich mich einfach nicht mehr erinnern. Meine Eltern waren schon im Bett und schliefen. Ich wollte sie nicht wecken, wollte sie nicht mit meinem schlimmen Erlebnis belasten. So ging ich eben ins Bett. Seltsamerweise schlief ich sofort ein. Am nächsten Morgen beim Frühstück schaltete die Mutter das Radio ein. Und obwohl ich mir nicht so gern die Nachrichten anhörte, horchte ich bei der folgenden Meldung genauer hin. Der Sprecher sagte: „Am Morgen wurde eine Person hilflos im Stadtpark aufgegriffen. Es handelte sich bei der Person um einen gesuchten Schläger. Er hatte bereits drei Frauen brutal überfallen und sie äußerst aggressiv niedergeschlagen, weil sie ihm kein Geld geben konnten. Er trug Verbrennungen am ganzen Körper. Seinen Aussagen zufolge sei er angeblich von einem grellen Lichtstrahl festgehalten und so übel verletzt worden. Er konnte endlich verhaftet werden. Dem vermeintlichen Lichtstrahl sei Dank."

Ich lächelte in mich hinein, denn immerhin wusste ich, welches Licht den Täter gestellt hatte.

Und die durchgebrannte Glühbirne der kleinen Lampe in unserem Fenster sprach wohl ihre eigene Sprache.

Erkenntnis

Es kommt immer darauf an, dass man das Beste aus seinem Leben macht.

Diesen Spruch hatte Ingo über seinem Bett stehen. Und obwohl er in großen Lettern an die Wand gemalt war, wusste Ingo nicht, was er wirklich aus seinem Leben machen sollte. Sein Zensuren-Durchschnitt war schlecht und nun, wo er eine Lehre beginnen sollte, wusste er nicht, was er werden sollte. Es blieben nur Hilfsarbeiterjobs und Ingo sah keine Zukunft mehr in seinem Leben. Außerdem waren seine Eltern seit Jahren arbeitslos und genügend Geld besaß die kleine Familie nicht. Das, was noch da war, versoff der Vater und so blieb der Mutter nie genug Geld übrig, um ein anständiges Essen auf den Tisch zu bringen. Ingo tat das, was so viele taten, er passte sich an. Arbeitslosigkeit, Alkohol, Diebstahl, Drogen, mittlerweile hatte er wohl jede Etappe all dieser unschönen Dinge hinter sich. Und ehe er sich's versah landete er auf dem Drogenstrich. In dieser verhängnisvollen Abhängigkeit wusste er weder ein noch aus. Sein ganzes Leben erschien ihm schwarz und vorbei, ehe es richtig begonnen hatte. Als er eines Morgens zitternd im Park, in der Nähe des Bahnhofs auf einer Bank saß, um einen Joint zu rauchen, kam ein fremder junger Mann des Weges. Er war gut gekleidet und zog sich mit vornehmen Handbewegungen eine Zigarette aus einem silbernen Etui. Und weil es keine andere Bank gab, nahm er am äußersten Ende von Ingos Bank Platz. Verächtlich schaute er kurz zu Ingo hinüber, um seinen Blick sofort wieder nach oben in die Wipfel der am Wegesrand stehenden Bäume schweifen zu lassen. Ingo rang sich ein abschätziges „Pha" ab und starrte den Mann kopfschüttelnd an. Da dieser ab und zu an seiner langen Zigarette zog und dabei keinerlei Miene vorzog, sprach ihn Ingo an: „Na Du Fatzke, hast Dich wohl verirrt. Das ist kein Schlosspark, sondern der Drogenstrich, falls Du das nicht weißt! Übrigens, zum Fünf-Sterne-Hotel geht's da vorne um die Ecke. Und jetzt troll Dich!" Damit machte er eine eindeutige Kopfbewegung und drehte sich um. Der Fremde jedoch schien sich gar nicht stören zu lassen. Er zog weiterhin an seiner Zigarette, so lange, bis er sie aufgeraucht hatte. Dann schaute er zu Ingo und sagte mit vornehmer Stimme: „Ich weiß selbst, wo ich bin. Das hier war die letzte, hast Du vielleicht was Neues für mich" Damit deutete er auf Ingos Joints und schaute ihn fragend an. Das hatte Ingo nicht erwartet. Er wusste nicht, was er dazu sagen sollte. Zwar hatte er einen Verdacht, aber dieser eitle Kerl konnte doch unmöglich ebenfalls … niemals … nie und nimmer! Doch der Fremde schaute noch immer zu Ingo und schien plötzlich gar nicht mehr so vornehm und akkurat wie eben noch. Er wirkte plötzlich nervös und zittrig. Ingo verzog sein Gesicht und sagte dann: „Brauchst Du Drogen? Kann nicht sein, was? Willst Du mich verschaukeln?" Er nahm eine Angriffsstellung ein und rief: „Wenn Du mich veralbern willst, dann kriegst Du eine!"

Der Fremde jedoch starrte noch immer zu Ingo. Irgendwie schien es dem, dass es dem Fremden ernst war, vielleicht brauchte er ja wirklich dringend Nachschub. Wieder verzog er sein Gesicht, hustete dann laut und griff in seine Hosentasche. Dann zog er eine zerknautschte Schachtel hervor und hielt sie dem Fremden unter die Nase. „Reicht das für heute", pfiff er ihn an. Der Fremde nickte nur und riss die Schachtel auf. Er zog sich einen Joint heraus und steckte ihn gierig in den Mund. Bei seinem ersten Zug sog er die giftige Luft tief in sich ein. Dann stöhnte er laut und lehnte sich glückselig zurück. Ingo gefiel die Sache nicht. Irgendwie fand er diesen fremden Mann mehr als seltsam. Er passte nicht so recht in diesen Park. Er war kein Junkie und auch kein Dealer. Nur was war er dann?

Plötzlich verfinsterte sich der Himmel. Wie aus dem Nichts zogen dunkle Wolken auf und es begann zu regnen und zu donnern. Heftige Blitze zuckten vom Himmel herab und trafen auf die Wiese hinter der Bank. Ingo bekam es mit der Angst zu tun. Er sprang auf und rannte los. Doch der Fremde blieb seltsamerweise noch immer sitzen. Wollte er sich etwa umbringen? Ingo wartete eine Sekunde lang ab. Sollte er zu diesem Lebensmüden zurückgehen und ihn mitnehmen? Vielleicht war der im Augenblick ja so abgedreht, dass er gar nicht merkte, wie das Gewitter über ihn herzog? Ingo wollte es versuchen. Noch einmal lief er zurück zur Bank und wollte den Fremden auffordern, mit ihm zu gehen. Doch als er vor der Bank stand, traf ihn beinahe der Schlag. Auf der Bank saß eine grausam entstellte Gestalt und grinste ihn hämisch an. Ingo war so schockiert, dass er sich nicht mehr rühren konnte. Die grellen Blitze erleuchteten das Gesicht der grausigen Gestalt ein wenig und ließen es noch fürchterlicher erscheinen als eben noch. Doch was war das? Die Gestalt bewegte sich, lebte sie etwa noch? Sie stand auf und baute sich augenblicklich vor dem vollkommen überfahrenen Ingo auf. Dann lachte sie nur laut und rief: „Ha ha, da staunst Du was? Schau nur hin. Bald wirst Du ebenso aussehen wie ich. Die Drogen werden aus Dir heraustreten und das aus Dir machen, was Du wirklich bist, ein Mörder, denn Du bringst Dich selber zur Strecke. Schau nur genau hin. Siehst Du die todbringenden Drogen da in mir drin? Siehst Du das, was auch Dein Leben zerstören wird? Was, Du siehst es nicht? Du wirst genauso elendig zugrunde gehen, wie alle hier in diesem Park. Egal, ob sie aus gutem Hause kommen oder aus armen Verhältnissen sind. Die Drogen machen alle kaputt. Du brauchst wieder Hoffnung. Und die findest Du nicht in diesen Drogen oder dem Alkohol. Dort findest Du lediglich den Tod. Die Hoffnung aber findest Du nur hier drin!"

Bei diesen Worten fasste sich die Gestalt an die Stelle, wo sich für gewöhnlich das menschliche Herz befindet. Da verzog sich plötzlich das Gewitter. Der Regen ließ nach und die Sonne blinzelte wieder zwischen den Wolken hindurch. In einem allerletzten Blitz verschwand die Gestalt und alles war, als sei gar nichts geschehen. Ängstlich schaute sich Ingo nach allen Seiten um. Doch die furchtbare Gestalt und auch der Fremde waren nirgends mehr zu sehen. Was ging hier nur vor? Hatte er nun schon Halluzinationen? Kein Wunder, bei seinem täglichen Drogenkonsum. Aber so sehr sich Ingo auch umsah, alles blieb ruhig und friedlich vor seinen Augen. Wieder setzte er sich auf die Bank und schwieg. Er konnte nicht fassen, was er da soeben erlebt hatte. Dieser Fremde, diese entsetzliche Gestalt, wer war das nur? Nachdenklich betrachtete er seinen Joint. Sollte er ihn weiterrauchen? Wieder fielen ihm die Worte des Fremden ein. Er hatte ja recht, irgendwann würde er ebenso enden, wie es ihm der Fremde aufgezeigt hatte. Irgendwann würde er daran sterben. Und dabei wollte er doch nur das Beste aus seinem bisschen Leben machen. Das Beste? Was war eigentlich das Beste? Etwa dieser dämliche Joint? Er nahm ihn und warf ihn weit von sich. Er drehte sich nicht einmal um nach ihm. Der Joint verglühte irgendwo auf der weiten Wiese. Und Ingo hatte das erste Mal nachgedacht über das, was er tat. Sein ganzes Leben hatte er das nicht getan. Aber wie sollte es nun weitergehen? In seinem Kopf herrschte Leere, endlose Leere. Doch er wusste, dass er, nur er allein diese Leere beseitigen konnte. Er musste wieder Hoffnung haben. Und er musste wieder einen Sinn in seinem Leben finden. Dazu musste er sich einen Sinn schaffen. Er wusste selbst, dass das nicht einfach werden würde. Doch wenn er es nicht versuchte, dann würde er es auch niemals erreichen. Also, ran an den Speck! Und bloß nicht mehr jammern! Mutig erhob er sich von der Bank und warf die restlichen Joints in einen Papierkorb. Nein, er wollte nicht so enden, wie es ihm der Fremde verdeutlicht hatte. Ja, er wollte etwas ändern. Er wollte sein eigenes Leben ändern, sofort, jetzt! Und er schritt los, geradewegs in eine neue Zeit. Und von fern glaubte er, den Fremden sprechen zu hören. Er sagte: „Ja, so soll es sein. Und fürchte Dich nicht. Du wirst es schaffen!"

Da spürte er einen ungeheuren Stich im Herzen, der sich bis zu seiner Seele ausbreitete und er lachte, denn er spürte sich wieder. Ja! Er konnte wieder fühlen und sich freuen an dem Tag, der da begann. Und plötzlich wusste er, das Beste im Leben ist nicht der Ruhm, das Geld, der Rausch. Nein, das Beste im Leben ist die Hoffnung und das Leben selbst.

Die Schreibmaschine

Phil war ein erfolgloser Autor. Seit er denken konnte, schrieb er fantastische Kurzgeschichten. Doch das einzige, was an seinen Geschichten fantastisch und irreal blieb, war der Erfolg. Die unterschiedlichsten Geschichten verfasste er und sie waren wirklich ziemlich gut. Doch irgendwie fehlte das gewisse Etwas bei allem, was er da so von sich gab. Alle rieten ihm, endlich mit der Schreiberei aufzuhören, doch Phil wusste, dass er nichts anders konnte als schreiben. Und so saß er weiterhin jeden Tag lustlos an seinem Laptop und tippte dutzende Fantasie-Geschichten in den Speicher, die kein Mensch lesen wollte. Irgendwann hockte er traurig in seinem alten verfallenen Haus und wusste nicht mehr, was er noch tun sollte, um die Leute zu begeistern. Lena, seine Lektorin rief ihn an und meinte, dass sie den Vertrag kündigen würde, weil er einfach nichts Packendes mehr zustande bekäme. Alles was er schieb, war langweilig und brachte dem Verlag keinerlei Umsatz. Das traf ihn sehr, denn er kannte Lena gut. Schon oft hatte er sie bei Buchmessen sprechen können uns sich insgeheim in sie verliebt. Doch sie durfte es nicht erfahren. Überhaupt war Phil ein sehr ruhiger und zurückhaltender Zeitgenosse. Er konnte nicht auf andere Leute zugehen und vielleicht war das auch sein Handicap, welches ihn einfach nicht an die Spitze der schreibenden Zunft rücken ließ. Eines Abends saß er noch lange auf seiner kleinen Terrasse. Gleich dahinter erstreckte sich ein kleiner See. Weil der Herbst nicht mehr weit war, zogen auch an diesem Abend dichte Nebelschleier über die Wasseroberfläche und das Mondlicht tauchte die Gegend in ein seltsames Licht. Phil wusste nicht, ob er zu Gott oder besser zum Teufel beten sollte. Irgendwie hatte er den Eindruck, dass ihn keiner von beiden haben wollte. Da rauschte es laut auf dem See und ein heftiger Windstoß fuhr über das Wasser bis hin zu Phils Terrasse. Beinahe wäre das Geschirr, welches er auf seinen kleinen wackeligen Gartentisch gestellt hatte, heruntergefallen. So etwas hatte er wirklich noch nie erlebt. Als der Wind vorüber war, glaubte Phil, aus der Ferne ein seltsames Klappern zu hören. Da ihm auch dieses merkwürdige Geräusch mehr als fremd war, wollte er der Sache auf den Grund gehen. Weil es schon dunkel geworden war, holte er sich seine Taschenlampe und lief los. Der Weg am Ufer des Sees entlang war recht holprig. Immer wieder stolperte Phil über Baumwurzeln und Erdhügel. Als er den See schon fast umrundet hatte und noch immer nichts entdecken konnte, wollte er wieder zum Haus zurückgehen. Da vernahm er erneut dieses rätselhafte Klappern. Es musste ganz aus seiner Nähe kommen. Was konnte das nur sein? An einer dicken Weide war das Geräusch am lautesten zu hören. Phil schlich durch das dichte Gebüsch und stieß plötzlich an etwas Hartes. Erschrocken sprang er zurück. War das ein Tier? Ein Waschbär vielleicht? Doch der harte Gegenstand rührte sich nicht. Mutig wagte Phil einen erneuten Vorstoß. Mit seinen Händen bog er das Gebüsch zur Seite und leuchtete mit seiner Taschenlampe in das dichte Buschwerk hinein. Irgendetwas Metallisches blinkte dort. Und als Phil näher heranging, erkannte er, was es war. Unter der Weide stand eine alte Schreibmaschine. Irgendjemand musste sie hier abgeladen haben. Die schwarze Farbe, die früher einmal an ihr haftete, blätterte ab und manche Tasten trugen keine Buchstaben mehr. Sollte etwa diese Maschine so laut geklappert haben? Aber das konnte doch gar nicht möglich sein. Wie sollte sie von allein mit ihren Tasten klappern? Phil hob die Maschine aus dem Busch und stellte sie vor sich auf den Weg. Vorsichtig putzte er den Schmutz und die Erde von dem alten Stück. Die Maschine sah gar nicht so schlecht aus, fand Phil. Sogar ein Farbband steckte noch darin. Vermutlich hatte gerade erst jemand mit der Maschine geschrieben. Nur wer? Phil entschloss sich, die Schreibmaschine mit nach Hause zu nehmen. Denn obwohl sie wirklich schon sehr alt war, musste sie ja nicht kaputt sein. Das gute alte Stück war ziemlich schwer und Phil musste sich mächtig abmühen, um sie sicher ins Haus zu bringen. Dort angekommen stellte er sie auf den Küchentisch und wischte sie mit einem weichen Lappen gründlich ab. An einigen Stellen blinkte der schwarze Lack noch als sei sie nagelneu. Aber wieso hatte sie geklappert?

Hatte sie überhaupt geklappert? Oder hatte sich Phil am Ende alles nur eingebildet? Er wollte nicht weiter darüber nachdenken und stellte die Maschine anstelle seines modernen Laptops auf seinen kleinen Schreibtisch. Weil er so neugierig war, wollte er die Maschine sofort ausprobieren. Er zog eine Papierseite ein und wartete dann einen kleinen Moment. Sollte er jetzt wirklich mit diesem antiquierten Maschinchen schreiben? Irgendein Gefühl ganz tief in seinem Herzen drängte ihn, einen frei erfunden Text zu schreiben. Zunächst tippte er vorsichtig mit einem Finger auf die ein- oder andere Taste. Und es war ganz merkwürdig. So, als hätte er immer schon mit dieser Maschine geschrieben, schlug sie ohne Probleme die Buchstaben an das weiße Papier. Phil betrachtete sich den Text und war erstaunt. Dass dies alte Stück noch so wunderbar schreiben konnte, hätte er nicht gedacht. Und es war ganz sonderbar, aber plötzlich hatte er den unbändigen Drang, eine Geschichte in die Maschine zu tippen. Seine Finger flogen über die mechanische Tastatur, als sei es niemals anders gewesen. Wie konnte so etwas nur möglich sein? Phil kannte sich selbst nicht mehr. Er fühlte sich wunderbar und so eigenartig leicht und schien voller großartiger Ideen. Und warum funktionierte das Farbband so gut? Meistens brauchte es doch einige Zeilen, bevor die Buchstaben sauber und gut lesbar am Papier sichtbar wurden. Die alte Maschine klapperte die Geschichte im Minutentakt auf das Papier. Und schon nach wenigen

Minuten hatte Phil die erste Kurzgeschichte fertig gestellt. Als er sie nachlas, um sie eventuell zu korrigieren, wunderte er sich erneut. Nicht ein einziger Fehler war ihm unterlaufen. Der Text war vollkommen fehlerfrei. So etwas hatte er noch niemals erlebt. Selbst bei seinem Laptop musste er ab und zu nachkontrollieren und fand immer mindestens einen Fehler, den er einfach übersehen hatte.

Doch diese alte Maschine ... Phil war fassungslos. In dieser Nacht schrieb er sage und schreibe zehn packende fantastische Kurzgeschichten. Und weil es ihm so gut gelang, schriebe er einfach weiter. Nach einer Woche hatte er hundert super spannende Fantasie-Geschichten geschrieben. Per Email schickte er sie an seinen Verlag. Es dauerte nicht lange, da meldete sich Lena, seine Lektorin. Doch sie schien wie ausgewechselt. Sie war nicht mürrisch und gelangweilt von seinen Geschichten, nein, sie war euphorisch und begeistert und wollte unbedingt mehr davon. Phil wusste nicht, ob er der alten Maschine noch so viel abverlangen konnte, doch es war wie verhext, erneut schrieb er ohne Unterlass. Und wieder hatte er hundert packende Geschichten zusammen, die er umgehend an Lena schickte. Die wusste gar nicht, was sie vor lauter Begeisterung sagen sollte. Solche spannenden Geschichten hatte Phil wirklich noch niemals geschrieben. Als die Geschichten Monate später in einem neuen Buch von Phil auf den Markt kamen, wurden sie den Händlern regelrecht aus den Händen gerissen. Der Erfolg war riesig und Phil verdiente innerhalb kürzester Zeit Millionen. Doch er blieb bescheiden, freute sich über seinen sagenhaften Erfolg und genoss das Leben. Endlich konnte er Lena, seine Lektorin heiraten und hielt seine alte Schreibmaschine in Ehren. Doch Lena war nicht so bescheiden wie er. Sie wusste, dass Phil viel Geld auf der Bank hatte und wollte alles für sich allein haben. In einer stürmischen Oktobernacht fasste sie einen teuflischen Entschluss. Sie wollte ihren Ehemann im Schlaf erschlagen, um sich dann das ganze Geld selbst einzustecken. Dazu besorgte sie in der Stadt ein wirksames Schlafmittel und flößte es heimlich Phil am Abend ein. Dann wartete sie, bis er endlich eingeschlafen war. Es dauerte nicht lange, da klappte Phil zur Seite und legte sich auf die Sitzbank in der Küche, wo er immer mit Lena zusammensaß, um die Mahlzeiten einzunehmen.

Als Phil tief und fest schlief, stand Lena auf und rief zur Kontrolle noch einmal laut Phils Namen. Doch der reagierte nicht. Das war Lenas große Stunde. Schnurstracks lief sie in Phils Arbeitszimmer und holte die schwere Schreibmaschine von seinem Schreibtisch. Sie schaffte es gerade noch sie emporzuheben, da geschah etwas Seltsames. Als sie die Maschine auf Phils Kopf fallen lassen wollte, kippte sie plötzlich nach hinten. Die Schreibmaschine entwich ihr und fiel polternd auf den Boden. Lena jedoch konnte sich nicht mehr halten.

Als sie sich am Tisch festhalten wollte, bekam sie nur das Tischtuch zu fassen und zog es im Fall mit nach unten. Sie stolperte noch einmal und schlug mit dem Kopf auf der Tischkante auf, bevor sie auf den Boden fiel. Blutüberströmt blieb sie regungslos dort liegen. Irgendwann wurde Phil wach. Als er Lena am Boden liegen sah, erschrak er fürchterlich. Sofort rief er einen Notarzt. Doch dieser kam zu spät. Für Lena gab es keine Rettung mehr. Seltsamerweise stand seine Schreibmaschine jedoch wieder auf seinem Schreibtisch, so, als sei nichts geschehen. Er konnte nicht wissen, dass ihn Lena mit eben dieser Schreibmaschine erschlagen wollte. Lange Zeit trauerte um seine falsche Ehefrau. Er setzte ihr sogar einen großen Grabstein auf dem Friedhof des kleinen Ortes. Und er konnte einfach nicht mehr schreiben. Immerzu musste er an Lena denken. Er hatte sie doch so sehr geliebt. Da vernahm er eines Nachts ein seltsames Klappern aus seinem Arbeitszimmer.

Sollte etwa jemand…? Er sprang aus dem Bett und rannte ins Arbeitszimmer. Doch was er dort zu sehen bekam, ließ ihm das Blut in den Adern gefrieren. Auf dem Schreibtisch stand die Maschine und tippte in aller Seelenruhe einen Text aufs Papier. Phil konnte sich nicht daran erinnern, einen Bogen eingelegt zu haben. Wie konnte das nur sein? Was ging hier nur vor? Es war genau das gleiche Klappern, welches er damals, als er die Maschine am Seeufer fand, hörte. Langsamen Schrittes schlich sich Phil an die Maschine, die augenblicklich ihr schriftstellerisches Werk beendete. Mehrere beschriebene Bogen klemmten im Papierschacht. Zunächst traute sich Phil nicht, die Bogen aus der Maschine zu ziehen. Doch dann fasste er sich ein Herz und griff nach dem Papier. Ohne Schwierigkeiten ließen sie sich aus der Maschine entnehmen. Phil starrte auf die beschriebenen Seiten und konnte nicht fassen, was er da zu lesen bekam. Dort stand exakt der gesamte Ablauf des Abends zu lesen, an welchem Lena starb. Als Phil die entsetzlichen Details las, packte ihn die Wut. Wie konnte er sich so in seiner Lena getäuscht haben? War sie wirklich eine eiskalte Mörderin? Oder erlaubte sich irgendjemand nur einen üblen Streich mit ihm? Doch wem sollte solch eine Horrorgeschichte schon nützen? Lange brauchte Phil, um sich mit den furchtbaren Tatsachen abzufinden, die seine alte Schreibmaschine da vor seinen Augen enthüllte. Er konnte nicht fassen, dass Lena so falsch und hinterhältig war. Tage später ließ er den Grabstein entfernen und das Grab einebnen. Nur eine dürftige Blumenwiese sollte daran erinnern, dass hier seine Ehefrau lag. Doch auch die Schreibmaschine wollte er nicht mehr und brachte sie zu einem Antiquitätenhändler. Der staunte nicht schlecht, als Phil mit dem guten alten Stück dort erschien. Als der Händler mit einer Lupe im Inneren des mechanischen Werks herumstöberte, wurde er plötzlich sehr schweigsam. Schnell fasste er sich wieder und sagte: „Faszinierend, dass Sie dieses Einzelstück noch besitzen. Und noch faszinierender finde ich, dass Sie diese Maschine veräußern wollen. Sie können sich glücklich schätzen, aber dieses Stück ist ein Schatz, eine einzigartige Rarität. Sie ist Millionen Wert. Denn es handelt sich um eine Schreibmaschine des berühmten Schriftstellers fantastischer Romane, Jules Verne."

Der Engel

Sarah lebte am Rande eines riesigen Slums, einer Siedlung, die nur aus Wellblechhütten bestand, in der riesigen Stadt Buenos Aires. Erst vor kurzem hatte sie ihren Ehemann durch eine schwere Krankheit verloren. Kinder hatten sie keine, und ihre Eltern, die auch so arm waren wie sie, lebten schon lange nicht mehr. Immer wieder ging sie zu dem kleinen Holzkreuz, welches sie am Rand des Hüttenmeeres aufgestellt hatte und weinte sich die Seele aus dem Leibe. Die Erinnerungen an die Kinderzeit, welche ihr die Eltern versuchten, so schön wie möglich zu gestalten, waren so nah. Und dann sah sie Finn, ihren Ehemann. Er musste so jämmerlich dahinvegetieren, bis er dann starb. Sie hatten so viel Schlimmes erlebt. Und doch niemals geklagt. Aber nun? Sollte es wirklich bis an ihr Lebensende so trostlos bleiben? Sie wusste genau, dass sich nichts ändern würde, hier in dieser Siedlung der Hoffnungslosigkeit. Hier am Rande allen Glücks. Hier regierten nur die Trauer und die Angst, die Krankheiten und das Verderben. Hier gediehen nicht einmal die Blumen. Dennoch hatte sie eine Rose für die Eltern und für Finn neben das Holzkreuz gelegt. Sie wusste, dass es die Eltern und auch Finn bemerken würden. Ihre Seelen waren ihr manchmal so nah. So unglaublich nah. Und dann wollte sie bei ihnen sein, für immer und ewig. Doch sie konnte es ja nicht. Denn sie musste leben. Sie musste es aushalten. Jedoch das Glück blieb fern, viel zu fern für ihre Träume. Von ihrer Mutter hatte sie einst ein weißes Sommerkleid bekommen. Mutter hatte es selbst genäht und ihr zum 18. Geburtstag geschenkt. Es war das Einzige, was sie sich ihr Leben lang vom Munde abgespart hatte, dieses Sommerkleid für Sarah. Als sie dann starb, sagte sie noch mit letzter Kraft auf ihrem Sterbebett zu Sarah: „Ach mein Kind, ich weiß, dass ich nun gehen muss. Aber ich werde dort oben immer an Dich denken, denn Du bist doch das Liebste und Beste, was mir je passiert ist. Eines Tages wirst Du das weiße Kleid tragen und im Park unter Weidenbäumen sitzen. Dann wird er kommen, der Engel der Träume, und er wird Dich mit sich nehmen. Du wirst es wissen, wann diese Zeit gekommen ist. Dann gehe mit ihm und denk an meine Worte. Werde glücklich, denn das ist es, was ich Dir von ganzem Herzen wünsche. Ade Du mein liebster Stern."

Und als Mutter starb, da regnete es goldene Sterne vom Himmel herab, nur auf Sarahs Haupt. Sie wollte nie mehr aufhören mit Weinen und wollte mit ihrer Mutter gehen. Irgendwohin, wo es besser sein würde. Doch sie blieb zurück und sie schwor sich, auf den Engel der Träume zu warten. Sie wusste genau, dass er kommen würde. Ja, eines Tages würde er da sein und sie würde wissen, dass er es ist. Dann würde sie ihm folgen und Mutter wiedersehen. Dort, irgendwo im fernen Reich der wunderschönsten Träume und der Illusionen. Und es wird so schön, wie es früher war. Die Rose neben dem Kreuz verdarb und auch der Sommer ging. Doch es war nicht kalt, nur kühl und der frische Wind zog in Sarahs einsame Hütte am Rande dieses riesigen Slums. Zwischen den unendlich vielen Wellblechhütten verfing er sich und mischte sich unter die unzähligen Stimmen der vielen Menschen. Und die Kinder riefen und sangen Lieder, trotz alledem. Sarah ging hinaus und hatte ein solch ein merkwürdiges Gefühl. So ein Gefühl kannte sie bisher noch nie. Es war anders und so seltsam leicht. Sie fühlte sich wie eine Wolke, ein Vogel, der nie wieder landen wollte. Und sie breitete ihre Arme aus und drehte sich im Kreis. Obwohl sie seit dem Vortag nichts mehr gegessen hatte, drehte sie sich wie ein Kreisel. Und sie fühlte sich wunderbar dabei. Niemals mehr wollte sie aufhören sich zu drehen. So bunt sah sie ihre Welt noch nie. Und als der Wind noch stärker wurde, da hörte sie aus der Ferne eine wohlbekannte Stimme. Sie rief nach ihr, sang ein Lied, ein ihr so vertrautes Lied. Es war Mutter, die da sang. Welch eine Freude, es war das Lied, welches sie ihr immer sang, wenn sie in ihrem Bettchen lag und ihre Äugelein schloss. So sanft, so liebevoll, so reich an Träumen. Welche eine Serenade, die sie da in ihrem Herzen spürte. Und ihre Seele wusste, dass sie nun gehen musste. Irgendetwas zog sie magisch fort. Doch zuvor holte sie es aus dem alten Schrank, dieses wunderschöne weiße Kleid von Mutter. Das einzige und Schönste, was ihr noch geblieben war von ihren Träumen. Sie zog es an und glaubte im selben Augenblick zu schweben. Unter sich sah sie die Millionen von Blechhütten des dunklen Slums. Doch sie schwebte zu einem Park. Und dort standen hundert Weiden an einem weißen Kieselsteinweg. Eine alte hölzerne Bank wartete da im Blumenmeer auf sie. Sie nahm auf ihr Platz und spürte diesen märchenhaften Duft nach Rosen und nach Träumen. Dann sah sie Mutters Gesicht. Es schaute zwischen den Rosen hervor und lächelte sie an. Mutter hatte Tränen in den Augen. Sie sang ein wundervolles Kinderlied. Und leise klangen tausende Glöckchen, so, als wollten sie etwas einläuten, etwas Unfassbares ankündigen, den Beginn eines wundervollen Traums vielleicht? Der Beginn vom ewigen Glück? Ihr weißes Sommerkleid leuchtete wie ein zauberhaftes Licht in der Sonne. Sie fühlte sich wie ein Stern und ihre Mutter nickte ihr zu.

Sarah spürte, dass gleich etwas Unerklärliches geschehen würde, denn so hatte sie noch niemals ihre Mutter lächeln sehen. So hatte sie Mutter noch niemals weinen sehen, weinen vor Glück. Und Mutters Lied wurde immer intensiver, wie auch dieser sagenhafte, unerklärliche Rosenduft. Es war, als wollten sich alle Gefühle dieser Welt und alle Düfte dieser Erde in einem Himmel, der nur aus Träumen bestand, vereinen. Sie sah Finn, der ihr aufmunternd zunickte und sie wusste, dass irgendetwas Neues für sie beginnen würde. Und dann sah sie ihn, diesen makellosen jungen Mann, der aus einer Wolke zu entsteigen schien.

So etwas Prachtvolles, so etwas Unglaubliches hatte sie noch niemals zuvor gesehen und gefühlt. Welch eine Gnade, was für eine Demut empfand sie da. Sie verbeugte sich vor alledem und wurde im selben Augenblick erfasst von einer unbegreiflichen Liebe. Was für eine unaussprechliche Liebe. Nein, diese Liebe kannte sie nur von ihrer Mutter, von Vater und von Finn. Ach, wie hatte sie nur all diese Menschen doch so sehr geliebt. So tief und innig, dass sie es nicht sagen konnte. Nein, diese unübertroffene Liebe durfte niemals mehr vergehen. Und als sie aufschaute, sah sie diesen jungen Mann auf dem Weg vor ihrer kleinen Bank vorübergehen. Er blieb stehen, drehte sich um und seine himmelblauen Augen strahlten voller Zuversicht und voller Hoffnung. Ja, das musste er sein, der Engel der Träume! Sein goldenes Haar wehte ihm Wind und ihr war, als würde sie hören, wie er zu ihr sagte: „Komm mit mir. Komm mit in eine andere Welt, dort draußen in dieser unendlichen wundervollen Ferne."

Und er küsste sanft ihre Hände. Sie stand auf und alsbald lösten sich beide in einer silbrig scheinenden Nebelwolke auf und eine leise Melodie erklang, wie eine ferne Symphonie. Mutters Lied. Und Sarah weinte und auch der Engel hatte Tränen in den Augen und er nahm das Mädchen in seine Arme und beide flogen durch die strahlenden Wolken ihrem Glücksstern entgegen. Weit hinter sich ließen sie die Welt und Sarah erinnerte sich an ihre kleine Bank, dort im Park der Illusionen. Da wusste sie, dass nicht nur *manche* Träume wahr würden. Nein, es waren *alle* ihre Träume, die wahr wurden. Was für ein Wunder, was für ein märchenhafter Traum. Und sie wünschte allen Menschen dort unten auf Erden dieses Glück, welches sie nun hatte. Denn er ist überall, dieser wundervolle Traum, diese einzigartige Hoffnung auf das ewige Glück. Denn es ist das, was nur sie in diesem Augenblick sehen konnte. Ja, Mutter hatte es gewusst. Nun war er da, dieser Moment, den nur er bestimmen konnte. Es war ihr Engel der Träume.

Babyklappe

Sonja hatte vor wenigen Tagen einen Sohn zur Welt gebracht. Sie nannte ihn Timmi, aber sie hatte große Angst. Der Vater hatte sich aus dem Staub gemacht und den Kontakt zu ihr abgebrochen. Doch auch sie selbst wusste nicht, wie es weitergehen sollte. Seit Jahren war sie nun schon arbeitslos und hatte mit diesem Kind nun erst recht keinerlei Aussichten auf eine Arbeit. Überall wurde sie abgewiesen. Nicht einmal in ihrer Familie fand sie den nötigen Halt, denn ihre Eltern hatten selbst kein Geld, um sie zu unterstützen. So wusste Sonja weder ein noch aus. Eines Abends saß sie in ihrer kleinen Wohnung in einem herunter gekommenen, lauten Mietshaus und schaute traurig und sehnsuchtsvoll aus dem Fenster. Der Regen perlte an den Scheiben herunter und dicke Tränen rannen ihr übers Gesicht. Was sollte sie nur tun? Sie sah keinen Ausweg mehr aus ihrer schwierigen Lage und wollte das Kind in eine Babyklappe bringen. Sie wusste, dass es gar nicht weit von ihrem Hause eine solche Klappe gab. Aber wie sollte sie es bewerkstelligen, ungesehen dort ihr Kind abzulegen? Wurde man dort beobachtet? Oder war wirklich so anonym, wie man sich erzählte. Und könnte sie sich überhaupt von diesem kleinen unschuldigen Wesen trennen, welches sie unter so vielen großen Schmerzen auf diese Welt gebracht hatte? Sie starrte auf die regennasse Straße dort unten und spürte, wie die Hoffnungslosigkeit in ihre angekratzte Seele eindrang. War da vielleicht Schuld und Verachtung in ihrem verklärten Blick? Sie sah, wie Menschen mit aufgespannten Regenschirmen durch den Regen hasteten. Unzählige Autos fuhren zu irgendeinem unbekannten Ziel. Und sie? Hatte sie etwa keine Ziele mehr, keine Träume mehr vom großen Glück? Sollte sie nicht doch versuchen, Timmi aufzuziehen? Sie liebte ihn doch so sehr. Und wenn er sie mit seinen großen braunen Augen hilfesuchend anschaute, war ihr, als würde auch sie noch einmal ganz neu zu denken beginnen. Welch ein Wunder, dieses kleine Kind auf dem Arme zu tragen und ihm alles das zu geben was es brauchte, um zu leben. Und es war doch gar nicht so viel, außer nur einem bisschen Liebe und Zuwendung. Hatte sie nicht einmal mehr das? Ein wenig kraftlos hielt sie sich am Fenstergriff fest und dachte an Andy, ihren Freund. Warum musste er plötzlich verschwinden? Hatte er vielleicht zu große Angst vor der Verantwortung oder wollte er nichts mehr von ihr wissen? Hatte er sie überhaupt je geliebt? Sie wusste keine Antwort auf diese Fragen. Und sie ging zu Timmi. Er lag in seinem kleinen Bettchen und schlief so friedlich. Diese kleine Nase, dieser kleine Mund. Vorsichtig und sacht streichelte sie ihm über sein winziges Köpfchen. Und es schien, als würde Timmi sie verstehen. Mit seinen kleinen Händchen wischte er sich übers Gesicht. Sonja lächelte, wie zerbrechlich doch dieses neue Leben war. Sie hatte die Verantwortung dafür.

Und sie wusste es ganz genau! Aber die Angst war stärker und sie legte sich weinend auf das Sofa neben dem Kinderbettchen. Sie war doch Mutter und fühlte sich doch so fremd vor ihrem eigenen Kind. Es würde eine andere Mutter geben, die mehr Geld hatte und die Timmi ein schöneres Leben ermöglichen könnte, als sie es je hätte tun können. Ja, morgen würde sie zur Babyklappe gehen und Timmi dort abstellen. Ruhelos stand sie noch einmal auf und setzte sich an den Tisch, um einen Brief zu schreiben. Sie wollte diesen letzten Brief in Timmis Korb legen, wenn sie ihn morgen bei der Babyklappe abstellte. Doch was sollte sie schreiben? Das sie zu arm sei, um dieses kleine Kind, *ihr* kleines Kind aufzuziehen? War das nicht zu billig? War das nicht zu schäbig? War nicht jedes Wort, welches sie schrieb, eine Lüge, eine Flucht vor der Verantwortung? Aber sie musste doch etwas schreiben, irgendwas! Verdammt, was? Sie schrieb drei Zeilen und eine vierte noch dazu. Dann faltete sie den Bogen schnell zusammen und legte ihn in den Korb, in welchem sie morgen früh Timmi zur Klappe bringen würde. Schließlich legte sie sich wieder todmüde und erschöpft zurück aufs Sofa und konnte doch nicht einschlafen. Immer wieder wälzte sie sich hin und sie wälzte sich her, doch ihre Gedanken ließen sie einfach nicht zur Ruhe kommen. Manchmal hörte sie Timmi, ihren Sohn, wie er schmatzte. Dann weinte sie wieder in das weiche Kissen. Am nächsten Morgen wusch sie sich ihr Gesicht. Mit reichlich

Schaum wusch sie sich ab den schönen Kindertraum und all die Tränen, die sie weinte in der sternenlosen Nacht. Keiner sollte ihre Tränen sehen. Doch ihr Gesicht war so aufgedunsen, dass jegliche Schminke umsonst war. Sie starrte sich an und sie fühlte sich so schuldig und so einsam, ja, einsam auch. Dann nahm sie Timmi und legte ihn in seine schönste Decke und zog ihm die besten Sachen an. Wie ein abgerissenes Stück ihres Herzens legte sie ihn ins Körbchen und lief los. Es war nicht weit bis zur Babyklappe. Die Tränen versteckt und ein künstliches Lächeln im Gesicht lief sie dreimal an der Klappe vorbei. Sollte sie es tatsächlich tun? Jetzt? Nur nicht mehr zu Timmi schauen, oder doch?

Da lag er schlafend in seinem Körbchen. Ob er schon träumen konnte? Sie hatte einige Flaschen Milch danebengelegt. Und auch noch andere Dinge, und diesen Brief. Diesen albernen dummen Brief, diese Entschuldigung vor ihrem eigenen Versagen. Und wieder kroch die Angst in ihr hoch und lähmte ihren Schritt und ihre Gedanken. Sie konnte einfach nicht hineingehen und ihr eigenes Kind dort abstellen. Würde sie nicht ihr eigenes Leben abstellen, dort drinnen, irgendwo im Nirgendwo? Konnte sie überhaupt so weiterleben, danach, nach dieser Tat? War's ein Verbrechen, das eigene Kind wie einen alten Schuh auszusetzen, abzulegen, wegzugeben, einfach so? Noch hatte sie die Wahl! Doch was war das für eine Wahl? Eine Wahl zwischen Hoffnung und Verdammnis! Eine Wahl zwischen Leben und dem sicheren Seelentod! Eine Mutter, die keine Mutter mehr war? Wirklich keine Mutter? Sie liebte doch auch, wie jede andere Mutter. Sie hatte nur kein Geld und keinen Job! Und keinen Mann. Sie brauchte noch eine letzte Minute Bedenkzeit, eine allerletzte Sekunde noch. Dann würde sie hineingehen. Ganz bestimmt würde sie das tun! Aber nicht jetzt! Sie ging zum Stadtpark, der gleich gegenüber begann und setzte sich weinend auf eine Bank. Sie hatte eine gute Sicht geradewegs hinüber zur Babyklappe. Da bemerkte sie eine fremde junge Frau, die mit einem Körbchen, so wie ihres war, vor der Babyklappe stand. Und sie sah, dass diese Frau sich die Augen wischte, mehrmals, immerzu. Dann griff sie behutsam in das Körbchen, ein allerletztes Mal. Was für ein Anblick. Gleich würde sie hineingehen und … sterben! Da packte sie es plötzlich und sie spürte einen heftigen Stich im Herzen und in ihrer Seele, die nicht erfroren schien. Sie nahm ihr eigenes Körbchen mit Timmi und rannte hinüber zur Babyklappe. Mit einem Ruck riss sie die Tür auf und schrie: „Nein, tun Sies nicht! Sie werden es bereuen! Sie werden sterben! Es ist doch Ihr Kind! Es ist doch Ihres! Es braucht doch seine Mutter!" Die fremde Frau stand an einem Tresen und hatte das Körbchen bereits daraufgestellt. Gerade wollte sie auf einen Knopf drücken, der an der Wand war, vermutlich die Klingel. Doch sie hielt inne, sie drückte nicht. Ein Augenblick der Angst – was würde wohl geschehen? Der Atem beider Frauen stockte. Die Zeit stand still und die Erde drehte sich nicht mehr in jenem schicksalhaften Moment. Die fremde Frau ließ ihren Arm sinken und taumelte. Sonja stand dicht hinter ihr und konnte ihren Herzschlag hören. Ganz instinktiv hielt sie ihre Arme auf und fing die taumelnde Frau darin auf. Und nicht ein Wort fiel, es war so still wie nie – in jenem Moment der Ewigkeit schien nichts mehr zu zählen, nur noch das Leben, das einfache Leben! Als die Frau wieder zu sich kam, drehte sie sich langsam um und Sonja konnte ihr Gesicht erkennen. Sie erschrak, denn die fremde Frau da vor ihr, diese Frau war sie selbst! Wie konnte das nur möglich sein? War sie am Ende schon verrückt geworden? Hatte sie das alles derart mitgenommen, dass sie nun schon Gespenster sah? Sie nahm ihr Körbchen und rannte aus der Klappe hinaus auf die Straße. Und plötzlich wusste sie genau, was sie wollte! Alles schien so klar! Sie wollte es allein schaffen! Und sie wusste, dass sie es schaffen würde. Sie schaute zu ihrem kleinen Sohn, der noch immer friedlich schlief. Er hatte nichts von alledem mitbekommen. Er lag nur da und schlief. Welch ein Friede zog da in ihr Herz und in ihre Seele. Und sie sang leise ein Lied:

„Mein lieber kleiner süßer Tim.
Wir schaffen es durch diese Zeit.
Und ist der Weg auch schwer und weit,
wir haben uns, wir sind zu zweit.
Du bist mein Glück, mein Lebenssinn.“

Gerade wollte sie noch einmal in die Babyklappe schauen, wie es der seltsamen Frau drinnen ging, da bemerkte sie, dass die Tür verschlossen war. Und nun sah sie auch das kleine Schild, welches an der Tür hing. Dort stand:

Diese Babyklappe ist geschlossen!

Schokoweihnachtsmann

Es war kurz nach Weihnachten. Mich hatte eine ziemlich heftige Grippe erwischt und ich lag im Bett. Schon wenn ich aufstand, um etwas zu trinken, fühlte ich mich derart geschwächt, dass ich mich kaum aufrecht halten konnte. Neben meinem Bett hatte ich einen kleinen Nachttisch, worauf ich einige süße Leckereien gelegt hatte. Auf diese Weise erhoffte ich mir, etwas Appetit zu bekommen. Doch es half nichts. Ich fühlte mich schlecht und hatte keinen Appetit. Auch ein großer Schokoladenweihnachtsmann stand auf dem Schränkchen. Immer, wenn die Sonne durch die Jalousien hereinblinzelte, schillerte die Goldfolie, in dem der Weihnachtsmann eingehüllt war, in allen Farben. Lange schaute ich ihn an und eines Abends versuchte ich mein Glück – ich aß ihn auf. Obwohl er sehr gut schmeckte, fühlte ich mich doch noch schlechter als sonst. Jetzt kam auch noch die Übelkeit hinzu, welche die Schokolade erzeugte. In der darauffolgenden Nacht bemerkte ich ein seltsames Geräusch. Es rasselte und klapperte und dann hörte es sich an, als ob jemand durch meine Wohnung schlich. Mir war noch immer furchtbar übel von der Schokolade und ich fühlte mich alles andere als stark. Dennoch stand ich auf und schlich durch die Zimmer. Und tatsächlich, erschrocken entdeckte ich, dass die Wohnungstür aufgehebelt war. Der Einbrecher hatte sie angelehnt, wohl, damit ich es nicht sofort bemerkte. Am Ende des langen Korridors war das klappernde Geräusch am lautesten. Dort vermutete ich den Einbrecher. Leise schlich ich dorthin. Eigentlich konnte ich mich kaum noch auf den Beinen halten. Im Hals krabbelte es und ich fühlte mich fiebrig und schwach. Der Gauner wühlte in einer Kommode herum, erhoffte sich dort vermutlich Geld oder Wertgegenstände. Es war ein großer stattlicher Mann, der mir kräftemäßig ganz sicher haushoch überlegen sein musste.

Was dann geschah, erscheint mir noch heute wie ein furchtbarer Alptraum. Ich riss die Tür auf und stellte mich dem Einbrecher in den Weg. Der wollte sich auf mich stürzen und zog ein Messer aus der Jackentasche. In diesem Augenblick fühlte ich etwas Hartes in meiner Hand. Es sah aus wie eine goldene Kugel. Ich holte aus und schlug damit auf den Einbrecher ein. Der verlor das Gleichgewicht und fiel um. Schnell lief ich zum Telefon und rief die Polizei. Da sich gerade ein Streifenwagen in der Nähe meines Hauses befand, kamen sie sehr schnell. Sie nahmen den Einbrecher fest und einer der Beamten sagte dann mit besorgtem Gesicht: „Da haben Sie aber großes Glück gehabt. Der Mann ist heute Morgen aus der Justizvollzugsanstalt ausgebrochen. Er ist ein mehrfach vorbestrafter Serientäter. Früher war er wohl mal Boxer und niemand konnte ihn bisher festhalten. Im letzten Jahr hatte er sogar einen Juwelier erschlagen."

Ich konnte mein Glück kaum fassen. Ich erinnerte mich, dass ich wohl etwas in der Hand gehalten haben musste, als ich zuschlug. Ich suchte das gesamte Zimmer ab. Und unter einem Schrank entdeckte ich schließlich eine große goldfarbene Kugel. Verblüfft hob ich sie auf und betrachtete sie neugierig. Sie musste aus Metall bestehen, so schwer, wie sie war. Auf dem gold-farbenen Überzug war eine Schrift eingemeißelt: A MARRY CHRISTMAS, PIT.

Ich konnte mich nicht daran erinnern, so etwas je besessen zu haben. Sollte der Einbrecher viel-leicht … unmöglich! Als ich zu meinem Bett zu-rückkehrte, wollte ich das Goldpapier meines Schokoladenweihnachtsmannes wegräumen. Ich nahm die Folie und stutzte. In der Hand des Weihnachtsmannes lag eine große goldene Ku-gel. Doch das war nicht das Verrückteste an der Sache. Vielmehr war es die Aufschrift, die auf der Kugel glänzte:

A MERRY CHRISTMAS, PIT

Die Quelle

Es war ein ganz normaler Tag im August. Rose war im dritten Monat schwanger und fühlte genau, dass es ein Junge war, den sie gebären würde. Sie und ihr Mann Jim lebten in einem New Yorker Vorort. Sie hatten kein Geld und mussten zusehen, wie sie sich über Wasser hielten. Jim hatte seine Arbeit verloren und fand trotz seines jungen Alters von 20 Jahren keinen neuen Job. Überall wurde er mit der fadenscheinigen Begründung abgewiesen, dass er ja keine anständige Ausbildung vorweisen könnte. Und so reparierte er die Autos der Nachbarn. Allerdings reichte dieses karge Einkommen kaum, um ordentlich satt zu werden. Rose überlegte deswegen, das Kind heimlich abzutreiben und Jim dann zu erzählen, sie hätte es verloren. Doch obwohl sie sich immer öfter mit diesem Gedanken beschäftigte, liebte sie dieses Kind in ihrem Leib. Sie konnte es einfach nicht hergeben. Oft ging sie zu einer alten, längst versiegten Quelle in einem kleinen Wäldchen hinter dem Haus. Und auch an diesem Tage schlenderte sie wieder traurig dorthin. Auf dem Weg dorthin sah sie Plakate an den Bäumen hängen. Offenbar hatte eine Immobilienfirma das Gelände erworben und wollte in Kürze mit der Rodung des Wäldchens beginnen. In den folgenden Jahren sollten dort unzählige Häuser mit Mietwohnungen entstehen. Rose konnte es nicht glauben. Nicht einmal ihren geliebten ruhigen

Platz an der Quelle sollte ihr noch bleiben. Warum also der furchtbare Gedanke, das Kind abzutreiben? Sie wollte für immer aus dem Leben gehen. Lange saß sie auf den kühlen Steinen, welche die alte Quelle umrandeten und dachte nach. Sie sah ihre Lieben, ihre Mutter und ihren Vater, die in Pennsylvania lebte, so weit von ihr fort. Sie hatten auch nie das Geld, um sich ein angenehmes Leben zu ermöglichen. Dennoch hatten sie es geschafft, Rose großzuziehen. Und es fehlte ihr beinahe an nichts. Sie hatte immer das, was so viele Kinder aus reichen Elternhäusern vermissten: Liebe. Tränen liefen ihr übers Gesicht. Mit ihren zarten Händen strich sie sich über den Bauch und dachte an ihr Kind. So gern hätte sie es glücklich aufwachsen gesehen. Und sie dachte an Jim. Er würde niemals über diesen Verlust hinwegkommen, Rose und das ungeborene Kleine für immer verloren zu haben. Als sie so nachdachte, bemerkte sie gar nicht, dass ein alter Mann neben ihr saß und sie beobachtete. Dabei lächelte er so liebevoll, wie ihr Vater es immer tat. „Du musst nicht weinen Rose", sprach er mit ruhiger Stimme und Rose erschrak überhaupt nicht über sein plötzliches Erscheinen. Vielmehr freute sie sich über die Anwesenheit des Alten. Er strahlte so viel Ruhe und Verständnis aus. Rose fühlte sich einfach wohl in seiner Gegenwart. Schluchzend erzählte sie ihm ihre Lebensgeschichte. Und sie berichtete ihm von ihren Sorgen und Nöten, und von ihrem grausamen Vorhaben. Der Alte schaute sie nachdenklich an und meinte dann: „Das ist wirklich nicht schön, Rose. Doch Du musst immer daran denken, dass Du es nicht für Dich tust. Denke stets an das, was Du unter Deinem Herzen trägst. Dann wirst Du wissen, was Du tun musst. Es ist ganz wichtig, dass Du das nie vergisst. Niemals darf man aufgeben. Denn wenn wir aufgeben, machen wir es uns leicht. Das Leben jedoch ist nicht leicht, für niemanden." Als er das sagte, lächelte er wieder und nahm Rose an die Hand. Sie spürte eine wohlige Wärme, die sich bis in ihr Herz ausbreitete. So etwas Wunderschönes hatte sie noch nie gefühlt. Plötzlich knisterte es leise und zwischen den Steinen plätscherte Wasser aus der Quelle. Es war so klar und rein, dass Rose den starken Wunsch verspürte, davon zu trinken. Sie beugte sich herunter und trank einige Schlucke von dem eisig kalten Wasser. Doch es war seltsam, es schien, als ob sich ganz neue Kräfte in ihr ausbreiteten. Ein unglaublich starker Wille, alles noch einmal neu zu beginnen, formte sich in ihrer Seele. Sie wusste nicht, woher das kam. Und sie schloss ihre Augen. Vor sich sah sie ihren Sohn, wie er heranwuchs. Sie sah, wie er stolz auf seine Mutter schaute. Und sie sah Jim, wie er in einem Anzug aus einem großen Hause trat. Schließlich sah sie sich selbst, wie sie glücklich über eine riesige Terrasse schritt. Oh, was für ein märchenhafter Traum. So sollte es sein. Doch das Schönste war, dass sie ihren Sohn hatte. Das sie sehen konnte, wie er heranwuchs und sein eigenes Leben aufbaute.

Was für ein Gedanke, dieses wunderbare neue Leben in sich zu tragen. Dieses Leben weiter zu geben und zu erleben, wie es eigenständig Entscheidungen trifft. Und all das durch ihre Kraft. Ja, es war wichtig, diese Kraft zu schützen. Langsam öffnete sie ihre Augen und wollte dem alten Mann von ihren wundervollen Traumbildern erzählen. Doch als sie sich umschaute, war er nicht mehr da. Nur die kleine Quelle plätscherte munter vor sich hin. Nun wusste sie, was sie tun musste. Mit dieser neuen Erkenntnis lief sie zum Haus zurück.

Jim kam gerade von einem Nachbarn zurück. Er hatte dessen altes Auto wieder auf Vordermann gebracht. Und er sah glücklich aus. Denn er hatte etwas vollbracht. Als er seine Rose sah, nahm er sie in den Arm. Sie küssten sich und Rose spürte es so deutlich wie noch nie, dass sie es schaffen können.

Rose gebar einen kräftigen Jungen. Es stellte sich heraus, dass die Quelle Heilwasser enthielt. Außerdem fand Jim im Keller ihres alten Hauses längst vergessene Grundbücher. Sie sagten aus, dass sich die Quelle noch auf ihrem Grundstück befand. Das Wasser gehörte also ihnen. Sie verkauften es und schon bald ging es finanziell wieder bergauf. Sie konnten das Haus sanieren und errichteten gleich neben der Quelle ein kleines Heilbad. Auf der großen Terrasse lagen die Kurgäste und erholten sich. Rose dachte an ihren Traum, den sie vor vielen Jahren an genau dieser Quelle hatte. Es schien alles so, wie sie es in diesem märchenhaften Traum gesehen hatte. Ihr Sohn wuchs heran und wurde ein angesehener Arzt. Er richtete sich im Haus eine kleine Praxis ein. Rose und Jim lebten zusammen mit ihrem Sohn glücklich und zufrieden. Eines Tages kam ein alter Mann als Kurgast in das Heilbad.

Er lag oft in einem der Liegestühle auf der großen sonnenhellen Terrasse. Er blieb sehr lange und eines Tages nahm er Rose an die Hand und sprach: „Man muss sich im Leben manchmal entscheiden. Doch wir dürfen uns niemals fürchten. Wenn wir auf unser Herz hören, dann wird es immer gut ausgehen."

Der Alte verschwand so plötzlich wie er aufgetaucht war. Und Rose wusste in diesem Augenblick, dass sie sich vor vielen Jahren richtig entschieden hatte.

Jobsuche

Lange Zeit war ich auf Arbeitssuche. Doch in meinem kleinen Wohnort fand sich einfach kein Job. Nicht einmal als Hilfsarbeiter wollte man mich haben. So musste ich mich auch in entfernteren Gegenden umschauen. In einer benachbarten großen Stadt hatte ich einen Termin bei einer privaten Arbeitsvermittlung vereinbart. Doch der dortige Sachbearbeiter hatte wohl einen schlechten Tag. Er musterte mich mit verächtlichem Blick und fuhr mich dann an, ihm endlich meine Unterlagen vorzulegen. Ich fand seinen unhöflichen Ton sehr anmaßend. Und eigentlich wollte ich ihm gehörig die Meinung sagen, doch noch hielt ich mich zurück. Jedoch spürte ich, wie mir langsam die eiskalte Wut in den Kopf stieg. Auch der Sachbearbeiter wurde immer ungeduldiger und bösartiger. Jetzt konnte ich mich nicht mehr zurückhalten. Ich spürte, wie sich meine Faust in der Jackentasche zusammenballte, um – weiter kam ich nicht. Hinter dem Stuhl des Sachbearbeiters erschien plötzlich eine mir sehr bekannte Person, meine Mutter. Da mich die hereinfallenden Sonnenstrahlen stark blendeten, glaubte ich an eine Sinnestäuschung. Ich blinzelte, um Genaueres zu erkennen. Und tatsächlich, hinter dem Sachbearbeiter stand wahrhaftig meine Mutter. Ich konnte mir das alles nicht erklären. Wie war das möglich? Wie kam meine Mutter hierher? Sie lächelte mich an und schüttelte mit ihrem Kopf. Plötzlich schien es mir, als ob sie zu mir sprach: „Junge, der ist es doch nicht wert. Lächele ihn an und gebe ihm die Unterlagen. Du wirst sehen, das hilft."

Ich öffnete meine Aktentasche und kramte meine Unterlagen heraus. Dann beugte ich mich über den Tisch und legte sie dem Sachbearbeiter vor die Nase. Meine Mutter stand noch immer hinter dem Sachbearbeiter. Sie nickte zufrieden und verschwand so plötzlich, wie sie gekommen war. Ich lächelte dem launischen Beamten mitten ins Gesicht. Der konnte meine unerwartete Freundlichkeit gar nicht glauben. Vermutlich war er schon so verbittert, dass er gar nicht mehr lachen konnte. Doch als ich ihm freundlich sagte, dass ich gern weitere Dokumente vorbeibrächte, wenn er es wollte, wurde auch er ruhiger. Er lehnte sich schließlich zurück und meinte, dass man ihn ja auch verstehen müsste. Ich nickte und fühlte mich ihm gegenüber vollkommen sicher. Plötzlich erzählte er mir, dass er in Scheidung lag und eigentlich schon lange aufhören wollte, um in eine andere Stadt zu gehen. Als er mich dann fragte, ob ich den Job vielleicht übernehmen könnte, willigte ich sofort ein. Noch am gleichen Tag kündigte er den Job und ich unterschrieb meinen neuen Arbeitsvertrag. Da klingelte mein Handy. Am Telefon war meine Mutter. Sie erkundigte sich, ob alles gut gelaufen sei. Sie meinte, dass sie so einen komischen Traum hatte, in welchem ich in Schwierigkeiten wäre. Ich teilte ihr mein Erlebnis mit und sagte ihr, dass ich einen neuen Job habe. Natürlich freute sie sich riesig. Als wir uns verabschiedet hatten, schaute ich noch einmal auf das Display meines Handys. Ich wollte mich vergewissern, von woher der Anruf gekommen war. Denn noch immer nahm ich an, dass meine Mutter ganz in der Nähe sei. Doch auf dem Display stand die Nummer meiner Eltern. Sie hatte mich von Zuhause angerufen. Und das war ca. fünfzig Kilometer entfernt.

Krimi

Sabine las für ihr Leben gern Krimis. In jeder freien Minute zog sie sich zurück und las. Nachts konnte sie nicht eher einschlafen, bis sie den angefangenen Krimi zu Ende gelesen hatte. An einem wunderschönen Maientag saß sie mal wieder im kleinen Park hinter dem Haus und hatte sich einen neuen Krimi mitgenommen. Gern saß sie hier draußen. Im Sommer konnte man hier in aller Ruhe lesen oder den zwitschernden Vögeln lauschen. Als sie einige Zeilen gelesen hatte, fiel ihr auf, dass die Hauptperson des Krimis ebenfalls in einem Park saß. Sogar das Zwitschern der Vögel und die lindgrün angestrichenen Bänke wurden genauso geschildert wie sie wirklich waren. Sabine musste schmunzeln. Was für eine Ähnlichkeit. Als die Hauptperson jedoch ebenso geschildert wurde, wie sie selbst war, wurde sie nachdenklich. Sogar die Namen glichen sich. Wie konnte das sein? Sie schaute sich das Buch von allen Seiten an, doch der Autor war nirgends vermerkt. „Sei es drum", sagte sie leise und las weiter. Es wurde geschildert, wie aus einem Busch ein dunkel gekleideter Mann sprang und beinahe eine vorbeilaufende Person anfiel. Sabine konnte nicht mehr weiterlesen, zu aufgeregt war sie in diesem Moment. Ein wenig ängstlich schaute sie sich um. Das Zwitschern der Vögel schien verstummt. Nur aus der Ferne vernahm sie leises Donnergrollen.

Dunkle Wolken zogen auf und leichter Regen setzte ein. Zwar hatte sie immer einen Schirm dabei, doch hatte sie keine Lust, noch länger hier zu sitzen. Schnell stand sie auf und wollte zum Haus zurücklaufen. Da entdeckte sie einen dunklen Schatten hinter einem mannshohen Busch. Als sie näherkam, sah sie einen fremden Mann in einem schwarzen Mantel. Sofort dachte sie an ihren Krimi. War da nicht jemand hinterm Busch hervorgesprungen? Hätte sie nur weitergelesen, dann wüsste sie, was zu tun wäre.

Der Fremde schien nur auf sie gewartet zu haben. Wie der Blitz sprang er hervor und baute sich vor Sabine auf. „Was wollen Sie von mir", fragte sie mit zittriger Stimme. Der Fremde reagierte nicht, starrte sie regungslos in einem fort an. Langsam näherte er sich und schien etwas aus der Tasche zu ziehen. Sabine erschrak, es war ein Messer! Nun schien ihr alles egal. „Da vorn, da ist was passiert", schrie sie laut. Der Fremde fuhr herum – auf diese Chance hatte Sabine nur gewartet! Sie nahm ihren Krimi, holte aus und schlug damit dem vermeintlichen Gauner mit aller Kraft auf den Kopf. Benommen sank der zu Boden. Wie von Hunden gehetzt, rannte Sabine davon. Glücklicherweise war es nicht so weit bis zum Haus. Mit flatternden Händen schloss sie die Haustür auf und rannte die drei Stufen hoch bis zu ihrer kleinen Wohnung in der dritten Etage. Dort verbarrikadierte sie sich und blieb minutenlang regungslos hinter der Tür stehen. Atemlos lehnte sie an der Wand. Ihr war

übel und das Herz schlug ihr bis zum Hals. Irgendwann hielt sie es nicht mehr aus. Vorsichtig
tapste sie zum Fenster. Von hier aus konnte sie
den Park sehen. Doch von dem rätselhaften
Fremden fehlte jede Spur. Auch das Treppen-
haus schien menschenleer. Total erschöpft setzte
sie sich auf ihr Sofa. Sie musste erst einmal tief
durchatmen, bevor sie überhaupt wieder denken
konnte. Dann bereitete sie sich einen heißen Tee
und nahm sich noch einmal den seltsamen Krimi
zur Hand. Sie wollte unbedingt wissen, wie es
für die Hauptperson weiterging. Starr vor
Schreck las sie noch einmal all die Erlebnisse,
welche sie soeben selbst durchlebt hatte. So etwas konnte doch nicht möglich sein. Was ging
hier nur vor? Glücklicherweise stieß der Roman-
figur nichts zu. Sie hätte ja nie wieder ihre Wohnung verlassen können. Auf der letzten Seite
fand sie endlich den Namen des Autors und mit
Schaudern las sie, was dort stand: Sabine Schulz
– es war ihr eigener Name!

Verkauf

Es ist eine gute Sache, wenn man Dinge, die man nicht mehr benötigt, irgendwo versteigern oder verkaufen kann. Einschlägige Foren gibt es zur Genüge. Ich hatte vor, mich von einer Lederjacke zu trennen. Sie sah zwar noch recht ordentlich aus, doch leider passte ich nicht mehr hinein. Da sie mal recht teuer war, entschied ich mich, sie in einem dieser Verkaufsplattformen im Internet anzubieten. Und ich hoffte, einen guten Preis dafür zu erzielen. Eine reichliche Woche dauerte es, da meldete sich tatsächlich ein Käufer. Er schrieb mir eine E-Mail, wollte das gute Stück schnellstens anschauen und anprobieren. Das Pfingstwochenende stand vor der Tür und der Käufer meinte zu allem Unglück, dass er nur an den Feiertagen Zeit habe. Leider passte mir das ganz und gar nicht. Pfingstsonntag weilte ich bei einem Freund im Ausland. Und am Pfingstmontag fuhr ich ins Gebirge, um einen wichtigen Termin dort wahrzunehmen. Ich schilderte dem Käufer mein Problem, doch er meinte nur, dass das kleine Bergdorf für ihn gar nicht so weit entfernt wäre. So vereinbarten wir einen Termin in der Pension, in welcher ich mich einmieten wollte. Am Pfingstmontag hatte er Zeit, dorthin zu kommen. Natürlich war ich froh, dass ich die schöne Jacke nicht in irgendeine Altkleidersammlung geben musste. Und ich fand es gut, dass ich den potentiellen Käufer persönlich kennenlernen konnte. Wie vereinbart erschien der Käufer am Pfingstmontag. Es war ein junger Mann um die Dreißig. Er sagte, dass er als Außendienstmitarbeiter sehr viel unterwegs sei und nur an den Feiertagen Zeit für Privates habe. Die Jacke hatte ihm schon auf dem Foto im Internet sehr gut gefallen. Ich zeigte ihm das gute Stück und er schien begeistert, wollte sie gar nicht wieder ausziehen. Nachdem er mir den vereinbarten Kaufpreis in die Hand gedrückt hatte, lud ich ihn noch auf eine Tasse Tee ein. Er bejahte und wir kamen ins Gespräch. Mir fiel auf, dass er manchmal sehr geistesabwesend war, ja sogar leichte Aussetzer hatte. Ich fragte ihn, ob es ihm nicht gut sei. Doch er meinte nur, dass er sich seit gestern nicht sehr wohl fühlte. Angeblich hatte er so einen merkwürdigen Traum und andauernd ein merkwürdiges Schlagen im Kopf. Natürlich fand ich das mehr als bedenklich, riet ihm, unbedingt einen Arzt aufzusuchen. Doch er winkte nur ab und lachte, als sei alles gar nicht so schlimm. Irgendwann wurde er derart taumelig, dass ich ihm anbot, sich kurz hinzulegen. Er willigte ein. Zwei Stunden schlief er tief und fest. Plötzlich stand er auf, nahm seinen Mantel und seine Aktentasche und verschwand wortlos. Ich rief ihm hinterher, fragte, ob er sich wirklich wieder besser fühlte. Doch er antworte nicht. Vom Fenster aus beobachtete ich, wie er wie geistesabwesend in seinen Wagen stieg und mit quietschenden Reifen und aufheulendem Motor davonbrauste. Da er auch später nicht mehr anrief, nahm ich an, es hätte sich erledigt und er war zufrieden mit seinem Kauf. Am nächsten Morgen hatte ich meinen wichtigen Recherchetermin beim Bürgermeister. Zuvor wollte ich mir im kleinen Pensionsrestaurant noch einen starken Kaffee gönnen. Dazu nahm ich mir die Tageszeitung vor, die auf dem kleinen Bistrotisch herumlag. Ich wollte gerade genüsslich meinen Kaffee schlürfen, da stutze ich. Auf dem Titelbild erkannte ich den jungen Mann, der mir die Lederjacke abgekauft hatte. Darüber las ich die schockierenden Worte: *Dreißigjähriger am Pfingstsonntag tödlich verunglückt.* Ich konnte es nicht fassen. Aber es gab keinen Zweifel, es war hundertprozentig der Käufer der Jacke! Vollkommen verwirrt leerte ich meinen Kaffeebecher und las weiter: Bei strömendem Regen kam sein Fahrzeug von der Fahrbahn ab und stürzte einen steilen Abhang hinunter. Für den Fahrer kam jede Hilfe zu spät. Das konnte doch gar nicht sein – der Mann war doch erst gestern, am Pfingstmontag, bei mir. Ich notierte mir die Telefonnummer der Zeitungsredaktion und rief dort an. Vielleicht, so hoffte ich, sei alles nur ein großer Irrtum und man habe sich lediglich im Datum geirrt. Der Redakteur aber, der den Artikel geschrieben hatte, bestätigte das Datum. Außerdem bemerkte er noch, dass der Unglücksfahrer am Pfingstmontag gar nicht auf dieser Passstraße unterwegs sein konnte, da sie wegen eines plötzlichen Erdrutsches ganztätig gesperrt werden musste. Ich begriff nun gar nichts mehr. Noch einmal schaute ich mir das

Foto an. Der junge Mann, der leblos am Hang lag, war mit einer Plane bedeckt. Doch man hatte wohl nicht bedacht, dass der Wind die Plane ein wenig umgeschlagen hatte. So konnte ich sehen, womit er bekleidet war. Mir stockte der Atem, denn es war die Lederjacke, die er mir abgekauft hatte.

Bist du noch da?

Seit ich denken kann, hielt unsere kleine Familie immer sehr fest zusammen. Ging es mir nicht gut, war Mutter immer für mich da und andersrum war's ebenso. Gerade in den letzten Tagen erinnerte ich mich an so viele Begebenheiten, die mir so sehr ins Herz gegangen waren.

Ich ging noch zur Schule und musste wohl so um die 10 Jahre alt gewesen sein, da erkrankte meine Mutter sehr schwer. Den Ärzten schien zunächst nicht klar, was es ist. Doch es stellte sich eine heftige Gallenerkrankung heraus und Mutter musste für Wochen ins Krankenhaus. Mein Vater hielt sich seit meiner Geburt im Ausland auf und konnte nicht mehr in die DDR zurückkehren. So zog mich Mutter allein groß. Dabei half ihr meine Großmutter wie sie nur konnte. Auch als sie ins Krankenhaus musste, war Großmutter für mich zuständig. Sie kümmerte sich rührend um mich und mir fehlte es an nichts. Dennoch vermisste ich Mutter sehr. Ich hing sehr an ihr, wollte mir gar nicht vorstellen, wie es wohl wäre, wenn sie nie mehr zurückkäme. Großmutter zerstreute meine Ängste und nahm mich am Wochenende immer an die Hand. Dann gingen wir in den Park, um von dort zum nahen Krankenhaus zu schauen. Da Mutter wegen ihrer schweren Operation lange Zeit keinen Besuch empfangen durfte, postierten wir uns an der Hecke vorm Krankenhaus. Das Fenster von Mutters Krankenzimmer befand sich gleich hinter dieser niedrigen Hecke, und so konnten wir genau beobachten, ob Mutter am Fenster war oder nicht. Jedes Mal, wenn wir in den Park aufbrachen, war ich aufgeregt und zittrig. Es war die Freude, endlich wieder Mutters Gesicht zu sehen. Und wenn wir an der Hecke standen und warteten, rief ich ganz leise: „Mama, bist Du da?" Dann öffnete sich vorsichtig das kleine Fenster und Mutters lächelndes Gesicht schaute hindurch. Sie war froh und doch traurig, weil sie nicht bei ihrer Familie sein konnte.

Viel später erfuhr ich, wie schlecht es um sie stand. Doch angesehen habe ich es ihr nie. Sie wollte wohl nicht, dass ich mir Sorgen machte. Und Großmutter erzählte nicht sehr viel über ihre Krankheit. Sie meinte nur, dass Mutter ja bald wieder nach Hause kommen könnte. Ja, und so vergingen die Wochen. Irgendwann war es dann soweit, Mutter wurde entlassen.

Zusammen mit Großmutter holte ich sie vom Krankenhaus ab. Weinend lagen wir uns in den Armen und drückten uns. Wir konnten uns gar nicht mehr loslassen, so sehr hatten wir uns vermisst. Und ich sagte nur leise: „Mama, bleibst Du jetzt da?" Dann nickte sie lachend und meinte, dass sie nun nie wieder fortmüsste. Und Großmutter streichelte mir übers Haar und meinte nur: „Es wird immer alles gut, wenn man nur ganz fest daran glaubt."

Die Jahre vergingen und ich wurde groß. Vielleicht auch ein wenig erwachsen, wer weiß. Doch meine Kindheit bewahrte ich stets ganz tief in mir drin. Ich wollte sie nie verlieren, wie auch all die zahlreichen Erinnerungen an unsere kleine Familie. Längst hatten wir Großmutter verloren.

Längst hatte ich einen Beruf erlernt und musste mir auf diese Weise mein Brot verdienen. Nicht immer ging es glatt und manche Jahre waren schwer und äußerst entbehrungsreich. Doch wenn ich abends im Bett lag, dann nahm ich das Bild von meiner Mutter vom Nachttisch und schaute es lange an. Und jedes Mal fragte ich leise weinend: „Mama, bist Du noch da?"

Dann glaubte ich, Ihre warme Stimme zu hören, die sagte: „Aber ja, mein Junge, ich bin noch da."

Erst dann konnte ich zufrieden und erleichtert einschlafen.

Eines Tages ging es mir gar nicht gut. Ich wusste nicht, was mir fehlte. Ich erbrach mein Essen und fror, obwohl es Dreißig Grad im Schatten hatte. Vor lauter Angst war ich zu Mutter gefahren. Ziemlich genau wusste ich, dass sie von meinem Gejammer nicht viel hielt und mich dennoch pflegen würde. Doch es wurde immer schlimmer. Mutter zeigte es nicht, aber sie war sehr besorgt. Ich pendelte ständig zwischen Bett und Toilette. Selbst der Kamillentee wollte nicht drinbleiben. Erst in den Nachtstunden kam ich etwas zur Ruhe, wenngleich nur vor lauter Müdigkeit. Mutter blieb an meinem Bett sitzen und hielt meine Hand ganz fest. In diesem Augenblick spürte ich so eine seltsame, unerklärliche Kraft, die in mich überging. Und ich fragte leis: „Mama, bist Du noch da?" Ich spürte plötzlich, wie sie meine Hand noch fester an sich drückte und dabei sagte: „Aber ja, mein Junge, ich bin noch da."

Es war wie ein Zauber, doch am nächsten Tag ging es mir bereits wieder so gut, dass ich nicht mehr im Bett liegen musste. Ich war Mutter so unendlich dankbar, dass sie immer da war für mich. Und ich war dennoch traurig, dass ich es ihr nie richtig danken konnte. Doch wenn ich ihr das sagte, meinte sie nur kopfschüttelnd: „Aber Junge, Du brauchst mir doch nicht zu danken. Es ist das Allerschönste für mich, wenn Du nur da bist. Mehr brauche ich nicht von Dir. Spar Dir Deine Geschenke. Bleib gesund und mach was aus dem Tag, dann bin auch ich glücklich."

Als sie das sagte, schaute sie mich mit ernster Miene an und ich bemerkte sofort, dass sie das mehr als ernst gemeint hatte. Ich wusste, dass sie rechthatte. Und ich wollte auch nie so schäbig enden, wie so mancher, der nie da ist für seine Eltern und am Ende seine eigene Mutter noch in ein Pflegeheim steckte, weil er zu faul war, ihr im Alter behilflich zu sein. Mutter wusste das genau. Doch ich fühlte mich oft nicht so gut, wenn ich mal wieder mit leeren Händen zu ihr kam. Als es einmal große Schwierigkeiten mit sehr bösartigen Menschen in Mutters Haus gab, wollte ich mich revanchieren. Es war wirklich eine harte Zeit. Denn diese Menschen, die offenbar nie viel Liebe und Zuneigung von ihren Eltern mitbekommen hatten und nichts anderes mit ihrem Leben anzufangen vermochten, außer Neid und Wut zu schüren, brachten uns bald an unsere Grenzen. Ich versuchte, für Mutter zu kämpfen, wollte immer für sie da sein in diesen schweren Stunden. Ich wollte, dass sie sich niemals allein oder allein gelassen fühlt. Und immer, wenn ich zu ihr kam, drückte ich sie fest an mein Herz und sagte leise: „Mama, bist Du noch da?" Dann hielt sie mich fest in ihren Armen und flüsterte nur: „Aber natürlich mein Junge. Wir lassen uns doch nicht unterkriegen. Wir sind doch wer." Dabei konnten wir unsere Tränen nicht zurückhalten. Und wir spürten die Stärke in uns, die Kraft, die uns zusammenhielt. Eine unbändige Kraft, die so tief in uns verwurzelt war, dass sie keiner antasten konnte. Wir überstanden auch diese Zeit. Und wir erinnerten uns an so viele durchlebte Zeiten, an die guten und auch an die schweren. Selbst dann, wenn ich auf meinen langen Reisen an unsere kleine Familie denke, dann höre ich noch heute, wie Mutter leise zu mir spricht:

„Mein lieber Sohn, bist Du noch da?"

Da sind so viele Jahre,
die wir zusammen warn
Dass ich sie mir bewahre,
nur darauf kommt es an

Die alten Fotos zeugen
von uns, von unsrer Zeit
Da gab´s so viele Freuden,
auch Ängste und viel Leid

Und wenn ich abends heimlich
mit meinem Teddy wein,
dann ist´s mir gar nicht peinlich
Dann bin ich nicht allein

Gemeinsam war die Reise
so liebevoll und klar
Und immer fragt´ ich leise:
„Sag Mutter, bist Du da?"

Merkwürdige Geschichte

19. Juli 1955

Es war ein stürmischer Morgen, an welchem Jane Aura ihre Schiffsreise von New York nach Hamburg antrat. Lange hatte sie für diesen Urlaub gespart. Und viele harte Jahre hatte sie durchlebt. Doch all das lag lange hinter ihr. Das majestätische Schiff lag am Kay und viele Passagiere gingen an Bord. Jane hatte eine Außenkabine gebucht und der Kapitän begrüßte sie mit einem herzlichen Handschlag. Immerhin hatte sich Jane verdient gemacht. Sie war eine bekannte Autorin von diversen Liebesromanen. Jane machte es sich so richtig bequem in ihrer Kabine. Als sie ihre Sachen in dem kleinen Schränkchen verstaut hatte, legte sie sich aufs Bett und schloss verzückt ihre Augen. Sie sah sich schon auf hoher See und die Sonne lachte von einem makellos blauen Himmel auf sie herab. Die Reise begann und dutzende Menschen winkten am Pier dem ablegenden Schiff hinterher. Langsam wurde auch das Wetter etwas besser. Und wie in ihrem wunderschönen Traum kam nun auch die Sonne hinter den Wolken hervor. Jane ging aufs Achterdeck, um sich in einen Liegestuhl zu legen. Sie hatte sich ein Buch mitgenommen. Das Rauschen des Wassers und der kühle Wind ließen sie alle Sorgen vergessen. Ungefähr eine Stunde war das Schiff unterwegs, da wurde das Wetter unerwartet schlechter. Sturm kam auf und durch das umherstiebende Wasser konnte man kaum noch etwas erkennen. Bedenklich schwankte das Schiff auf den hohen Wellen hin und her. Jane hatte ihren Liegestuhl verlassen und war in ihre Kabine zurückgekehrt. Irgendjemand rannte durch den Gang vor ihrer Kabine und rief etwas von „Schwimmwesten anlegen!" Jane schaute aus dem Bullauge hinaus auf die tobende See. Sie konnte es nicht glauben, sollte ihr wundersamer Traum von einer erholsamen Seereise schon wieder zu Ende sein?

Es wurde immer dunkler und heftige Blitze zuckten übers Wasser. Plötzlich gab es einen ohrenbetäubenden Knall. Danach beruhigte sich die See wieder und sogar die Sonne kehrte zurück. Jane war erleichtert, legte ihre Schwimmweste ab und ging zurück aufs Achterdeck. Außer ihr befanden sich noch der Kapitän und der erste Offizier an Deck. Die beiden schienen Jane nicht bemerkt zu haben. Aufgeregt redete der Kapitän auf den Offizier ein. Jane verbarg sich schnell hinter einem Rettungsboot und versuchte, etwas aufzuschnappen. „Sie können das keinem der Passagiere sagen", hörte sie den Kapitän sprechen, „aber warum haben Sie denn den Funkkontakt verloren? Sind die Funkgeräte kaputt?" Jane verstand nicht so recht, worum es wirklich ging. Und wieso funktionierten die Funkgeräte nicht mehr? Gab es etwa Schwierigkeiten? Sie versuchte, näher an die beiden heran zu gehen. Doch dazu musste sie ihre Deckung hinter dem Rettungsboot aufgeben. Das wollte sie unter keinen Umständen riskieren. Zu neugierig war sie schon geworden. Vielleicht erfuhr sie ja noch, was überhaupt los sei. „Wir müssen es versuchen", sagte der Kapitän, „Sie werden uns aus dem Bermudadreieck herausführen. Immerhin haben wir eine Menge guter Technik an Bord." Damit trennten sich die beiden. Der Kapitän verließ über eine Treppe das Deck und der Offizier verschwand hinter einer kleinen Seitentür. Jane wusste nicht so recht, was sie zu all dem sagen sollte. Befanden sie sich in Seenot? Aber warum wurde das vor den Passagieren geheim gehalten? Und, wo waren überhaupt die anderen Passiere? Auf dem Weg zum Achterdeck hatte sie keinen getroffen. Und auch jetzt schien das Schiff menschenleer zu sein. Aufgeregt lief sie zurück zu den Passierkabinen. Immer wieder klopfte sie an die Türen der einzelnen Kabinen, doch keiner öffnete. Eine Kabinentür war weit geöffnet, aber die Passagiere waren nirgends zu sehen. Jane spürte, wie etwas Eiskaltes von ihr Besitz zu nehmen schien, die Angst! Ein lichtes Zittern überkam sie. „Nur jetzt nicht verrückt machen lassen", schwor sie sich und beschloss, den Kapitän aufzusuchen. Doch als sie auf der Brücke eintraf, war diese ebenfalls verlassen. Kein Kapitän, kein Steuermann, kein Erster Offizier, nur Schweigen! Wo waren all die vielen Menschen? Und wo befand sich der Kapitän? Ängstlich und vollkommen irritiert lief sie zu ihrer Kabine zurück. Erst als sie die Tür von innen verschloss, fühlte sie sich einigermaßen sicher. Doch das flaue Gefühl in der Magengegend blieb. Sie kramte ihre mitgebrachte Hausapotheke aus dem Koffer und schluckte zwei Beruhigungstabletten. Übermannt von den Ereignissen legte sie sich ins Bett und schlief ein. Als sie erwachte, war es stockdunkel um sie herum. War der Strom ausgefallen? An der Wand tastete sie einen Schalter. Der ließ sich betätigen und das Licht schaltete sich ein. Augenblicklich verharrte sie für eine Sekunde – um sie herum war es totenstill. Das bekannte Motorengeräusch fehlte. Jane schaute aus dem kleinen Bullauge. Draußen war es Nacht geworden. Offenbar hatte das Schiff längst angelegt, nur wo? Sie packte ihren Koffer und schlich sich vorsichtig aus ihrer Kabine. Vielleicht konnte sie ja das Schiff verlassen. Keine Minute länger wollte sie auf diesem unglückseligen Kahn verbringen. Als sie am Ausgang stand, schaute sie noch einmal zurück. Und auch jetzt konnte sie keine Menschenseele entdecken. Über eine breite Gangway schritt sie in eine große gläserne Halle hinein. Und plötzlich waren da hunderte Menschen. Sie liefen alle wild durcheinander und lachten und unterhielten sich. Außerdem waren sie alle recht merkwürdig gekleidet. Die meisten trugen enge blaue Hosen und seltsame bunte Jacken. Einige hielten sich komische kleine Kästchen an die Ohren und sprachen unentwegt und heftig gestikulierend dort hinein. Andere wieder saßen auf langen Sitzreihen und schauten auf riesige Bildschirme, auf denen Filme gezeigt wurden. Wieder andere hatten seltsame Knöpfe im Ohr und wirkten irgendwie apathisch, sangen leise vor sich hin. Dazu plärrte überlaute Musik aus dutzenden silberfarbenen Lautsprechern. Überall an den Wänden und sogar von der gläsernen Decke hingen riesige flache Bildschirme mit unzähligen Zeitanzeigen – es flackerte und blinkte buchstäblich in jeder Ecke!

Jane waren dieser unerwartete Tumult und die plötzliche Hektik einfach zu viel. Sie wollte zurück auf ihr Schiff. Doch als sie an der Gangway eintraf, war ihr Schiff verschwunden. Dafür drängelten sich unzählige Menschen mit ihrem Gepäck um sie herum. Irgendwann kam sie an einer riesigen Uhr vorüber. Dort wurde die genaue Zeit und das aktuelle Datum angezeigt. Es war der 21. Juli 2015!

Lawine

Ich war unterwegs von Zwickau nach Aue, einer hübschen Stadt im Erzgebirge. Ungefähr eine halbe Stunde durfte die Stadt nur noch entfernt sein, doch das Schneetreiben wurde immer heftiger. Und plötzlich kam es so, wie ich es mir schon dachte! An einem steilen Hang, in der Nähe eines dichten Waldes, mitten auf der Straße hatte sich eine meterhohe Schneewehe aufgetürmt. Vermutlich war ich das erste Fahrzeug, welches auf diese unüberwindliche Barriere traf. Nervös schaute ich in den Rückspiegel. Da es schon dämmerte und das Schneetreiben immer dichter wurde, konnte ich nichts erkennen. Ich versuchte, rückwärts zu fahren. Doch mein Trabbi schlingerte mit laut aufheulendem Motor durch den Schnee und rutschte schließlich in den Straßengraben. Da lag ich also nun, irgendwo, und der Schnee deckte langsam mein Auto zu. Mein Termin in Aue rückte näher und näher. Und mir wurde klar, dass ich ihn nicht mehr einhalten konnte. Damals gab es noch keine Handys und mein uraltes Autoradio rauschte nur laut. So blieb mir nichts weiter übrig, als zu warten. Vielleicht drang ja irgendwann ein Fahrzeug bis hierher durch. Doch meine Hoffnung blieb vergebens. Ich schaute auf meine Armbanduhr – eine geschlagene Stunde lag ich nun schon im Graben und niemand kam. Mühsam drückte ich die Autotür auf. Sie ließ sich lediglich einen winzigen Spalt öffnen. Die dicke Schneedecke verhinderte, dass sie sich weiter öffnen ließ. Glücklicherweise hatte ich meinen Anorak angelassen als ich losfuhr. Ich schnappte meine Handschuhe und meine Aktentasche und stapfte Schritt für Schritt durch den meterhohen Schnee hinauf auf die Straße. Unterdessen war es stockdunkel geworden und der eiskalte Wind blies mir die Schneewolken ins Gesicht. Sollte ich weiterlaufen? Sollte ich mich nicht doch wieder ins Auto setzen und abwarten? Ich wusste es nicht. Nach einigen Metern entdeckte ich ein Verkehrsschild. Ich befreite es vom Schnee und las, dass in vier Kilometern eine Ortschaft kommen müsste. Vier Kilometer – bei diesem Schneetreiben mehr als eine Herausführung. Ich konnte kaum atmen, so dicht wehte der Schnee. Plötzlich vernahm ich ein lautes Knacken aus dem Wald neben der Straße. Augenblicklich blieb ich stehen. In diesem Moment bereute ich es, nicht im Auto geblieben zu sein. War das ein wildes Tier, oder? Ich verbat mir, den Gedanken weiterzudenken, dennoch liefen die gespenstischsten Bilder vor meinem inneren Auge ab. Schon sah ich einen bewaffneten Räuber zwischen den Bäumen hervorspringen. Doch nichts dergleichen geschah. Es blieb ruhig. Langsam lief ich weiter. Allerdings mit gespitzten Ohren. Und tatsächlich, nach wenigen Metern knackte es erneut. Wieder blieb ich stehen. Das Knacken wurde lauter und nun vernahm ich sogar eine Stimme. Ich wollte mich schon in den tiefen Schnee des Straßengrabens fallen lassen, da verstand ich die Worte:

„Warten Sie doch, laufen Sie doch nicht weg!"
Zaghaft drehte ich mich um und blinzelte in den pechschwarzen Wald hinein. Langsam hoben sich die Umrisse einer Person ab. Kurz drauf stand eine alte Frau vor mir. Sie war in eine lange dicke Felljacke gehüllt und ging am Stock. Sie schaute mich an und kicherte leise. Dann meinte sie: „Na junger Mann, haben Sie sich verirrt?" Ich nickte mehrmals und sagte dann, dass mein Trabbi nicht weit von hier im Straßengraben liegen geblieben sei. Die Alte schüttelte vielsagend mit dem Kopf. Dabei fiel der Schnee von ihrer dicken Fellmütze. „Am besten ist, Sie kommen hinter mir her. Da können Sie sich nicht verlaufen. Ich kenne den Weg", sagte sie mit zitternder Stimme. Sie wartete meine Antwort gar nicht erst ab, drehte sich um und ging los. Langsam spürte ich, wie die Kälte meine Kleidung durchdrang und folgte ihr. Woher der schmale, fest getrampelte Pfad durch den dichten Wald kam, wusste ich nicht. Vielleicht war die Alte schon öfter hier entlanggelaufen. Wortlos stapften wir durch den Wald und erreichten schließlich eine winzige Holzhütte. Sie war über und über von Schnee bedeckt und schmiegte sich an eine dicke Eiche. Die Alte stieß die Holztür auf und rief: „Herein-spaziert!"
Ich hatte es wohl gar nicht bemerkt, doch als ich eintrat, brannten Kerzen auf einem schmiedeeisernen Leuchter. Auch ein Feuer loderte im Kamin, der vor zwei gemütlichen Sesseln vor sich hin knisterte. Ich fühlte mich sofort wohl und

behaglich. Die Alte schien an alles gedacht zu haben. Auf dem dunklen Holztisch standen eine Kanne und zwei Tassen. „Ich habe vorhin schon Tee gekocht. Hier, trinken Sie erstmal."

Dabei schenkte sie den dampfenden Tee in die leicht gesprungenen Porzellantassen. Auf dem Kamin stand eine Platte mit köstlichen Broten. Ich konnte es nicht glauben, Käsebrote, wie ich sie mochte. Nachdem ich mich gestärkt hatte, erzählte ich ihr von meinem Leben. Ich berichtete ihr, dass ich heute einen wichtigen Termin verpasst habe und dass ich diese Tätigkeit ohnehin nicht sonderlich mochte. Die Alte hörte mir nachdenklich zu. Dann stand sie auf und meinte: „Ach wissen Sie, es kommt doch gar nicht darauf an, was wir tun. Wichtig ist doch nur, dass wir weiterleben können und uns an den schönen Dingen, die uns der Tag bereithält, erfreuen können. Atmen, die Sonne sehen, das Wasser spüren, ist das nicht Leben genug?"

Mit diesen Worten schaute sie mich mit großen Augen an. Dann nahm sie die Teekanne und schenkte mir noch einmal nach. Ich wusste einfach keine Antwort auf das, was sie mir sagte. Hatte sie nicht recht mit alledem? Natürlich konnte ich früh aufstehen und die Sonne sehen, und den Regen auch, und die Vögel konnte ich zwitschern hören, wenn sie da waren. All diese Wunder nahm ich so selbstverständlich hin.

Die Alte schien meine Gedanken gelesen zu haben und lächelte. „Sehen Sie, Sie wissen es doch ganz genau. So lange wir all das können, und dürfen, dann sollten wir doch glücklich sein. Machen Sie einfach weiter. Irgendwann kommt auch für Sie mal etwas anderes, Sie werden sehen, es wird immer alles gut."

Ihre letzten Worte vernahm ich nur noch im Halbschlaf. Ich war derart müde geworden, dass ich in dem gemütlichen Sessel vorm Kamin einschlief. Irgendein lautes Geräusch quälte mich. Es hörte einfach nicht mehr auf. Langsam erwachte ich. Durch das geöffnete Fenster drang Vogelgezwitscher und heller Sonnenschein. Wo war ich? Stück für Stück kehrten die Erinnerungen an die gestrige Nacht zurück. Die verschneite Straße, mein Auto im Straßengraben, die Alte, diese sonderbare Hütte – ja, ich war tatsächlich noch in der Hütte. Doch wo blieb die Alte? Ich schaute mich um, suchte nach irgendeinem Lebenszeichen. Alles sah so merkwürdig aus, ganz anders als letzte Nacht. Selbst das Fenster, welches ich zunächst für geöffnet hielt, hing schief in den Angeln, und die Scheibe war zerbrochen. Ich stand auf und entdeckte weder einen Tisch noch die beiden Sessel. Mein Nachtlager befand sich auf einem verwitterten Baumstamm. Und einen Kamin gab es überhaupt nicht, wie konnte das nur sein? Ich lief durch die kleine Hütte und schaute überall nach. Doch weder die Alte noch eine Teekanne oder die Tasse, aus welcher ich gestern Nacht getrunken hatte, fand ich noch. Die ganze Hütte war leer und verwüstet. Außerdem war es bitterkalt. Ich zog meinen Anorak über und lief in den Wald hinaus. Selbst der schmale Trampelpfad war nicht mehr vorhanden. Aber vielleicht hatte ja nur der starke Schneefall den Weg unter sich begraben?

Irgendwann kam ich zur Straße zurück. Dort standen mehrere Polizeiwagen mit hell aufflackernden Blaulichtern. Überall liefen Polizeibeamte umher. Ich konnte mir nicht erklären, was das alles zu bedeuten hatte. Und wo war mein Fahrzeug? Ich fragte einen Beamten, ob man mein Auto irgendwo gefunden habe. Der schüttelte nur mit dem Kopf und meinte dann: „Gestern Nachmittag ist hier eine Lawine von einem steilen Hang neben dem Waldstück niedergegangen. Sie hat alles unter sich begraben. Vermutlich befindet sich auch Ihr Fahrzeug unter dem Schnee. Wir suchen noch immer alles ab – das kann dauern!"

Später erfuhr ich aus der Zeitung, dass die Lawine am Nachmittag des Tages, an dessen Abend ich im Straßengraben landete, niedergegangen war. Auch mein Fahrzeug wurde von den Schneemassen verschüttet. Ich konnte mir das nicht erklären, da ich ja erst abends mit meinem Fahrzeug dort eintraf. Wie war das nur möglich? Wäre ich von der Lawine getroffen worden, als ich noch im Fahrzeug saß, wäre ich vermutlich irgendwann erstickt! Oder haben sich die Polizeibeamten nur in der Zeit geirrt? Auch ein Todesopfer hatte es gegeben. Das Foto einer unbekannten Person, die sich in der Nähe aufgehalten hatte, war abgebildet. Man erhoffte sich von den Lesern, die Identität der Person aufzuklären. Ich konnte es nicht fassen – ich erkannte die Person sofort. Es war die alte Frau, die mich zu ihrer Hütte mitgenommen hatte.

Lederjacke

Was für ein wunderschöner Sommertag! Die Sonne brannte und ich konnte nach endlosen tristen Regentagen endlich mal wieder mit meinem Fahrrad durch die Natur radeln. Hier draußen auf dem Lande konnte man sich wahrhaft erholen vom Stress und der Arbeit in der Stadt. Ich genoss es und war wirklich jeden Tag an der frischen Luft. An diesem Tag wollte ich zu einer alten Burgruine radeln. Ich fuhr bis zum Berg, auf der die Burgruine stand. Der Berg aber war viel zu steil, um weiterzufahren. So schob ich das Rad die restlichen Meter.

Irgendwann blieb ich stehen, um ein wenig auszuruhen. Durstig lehnte ich mich an einen Baum und nahm einen heftigen Schluck aus der Trinkflasche. Da fiel mein Blick auf etwas Graues hinter dem Baum. Ich steckte die Flasche ans Rad zurück und schaute nach. Im Moos lag eine Lederjacke. Vermutlich hatte sie jemand hier verloren, denn sie sah nicht so aus, als ob sie weggeworfen sei. Ich hob sie auf und betrachtete sie. Sie war recht modisch geschnitten und ich hatte den Verdacht, dass sie mir passen könnte. Allerdings entdeckte ich einen langen Riss, der im rechten Ärmel klaffte. Bevor ich sie anprobierte wollte ich mich vergewissern, dass sie nicht doch jemandem gehörte, der sich vielleicht ganz in der Nähe aufhielt. „Hallo, ist jemand hier", rief ich mehrmals unüberhörbar laut. Doch als sich keiner meldete, zog ich mir die Jacke über. Sie roch zwar etwas muffig aber sie passte wie angegossen. Da es hier am Berg etwas frisch wurde, behielt ich sie gleich an. Der lange Riss im Ärmel störte mich nicht. Nach kurzer Zeit hatte ich mein Ziel, die Burgruine erreicht. Überall standen Bänke, auf denen man verschnaufen und sich ausruhen konnte. Auf einer nahm ich Platz und lehnte mich zurück. Doch plötzlich spürte ich einen merkwürdigen Druck im Kopf. Er wurde immer stärker und mündete in einen heftigen Schmerz. Gerade wollte ich aufstehen, um etwas zu trinken. Doch ich schaffte es nicht mehr. Um mich herum wurde es abrupt stockdunkel und ein lautes Schreien war zu hören. Als sich meine Augen an diese Dunkelheit gewöhnt hatten, fand ich mich in einem feuchten Keller wieder. Nirgendwo befanden sich Fenster. Nur eine flackernde Glühbirne, die kaum Licht verbreitete, baumelte von der Decke. Doch Zeit zum Nachdenken hatte ich nicht. Das Geschrei wurde immer lauter und ich spürte, wie es mir den Angstschweiß auf die Stirn trieb. Ich zitterte und schwitzte derart, dass ich mir schon instinktiv die Lederjacke vom Leibe riss. Doch kaum hatte ich die Jacke vor mir auf die Erde geworfen, wurde es auch schon wieder hell um mich herum und ich saß, als sei gar nichts geschehen, auf der Bank im Innenhof der Burgruine. In diesem Moment wusste ich nicht, was ich davon halten sollte. Verwirrung und auch Angst wechselten sich ab. Zumindest die Kopfschmerzen, die ich eben noch hatte, waren wie weggeblasen. Mir ging es wieder gut. Also etwas Körperliches konnte das soeben Erlebte nicht sein. Ich spürte das. Alle körperlichen Signale strahlten Wohlbefinden aus. In mir kroch eine wage Vermutung hoch. Sollte etwa diese Lederjacke, nein, völlig unmöglich! Das konnte doch gar nicht sein. Was sollte dieser faule Zauber überhaupt. Vielleicht war die Jacke mit irgendetwas behandelt worden, das möglicherweise Halluzinationen bei mir hervorrief. Trotzdem wagte ich nicht, die Jacke noch einmal überzuziehen. Ich hob sie auf und trug sie in der Hand. Der Rückweg gestaltete sich recht einfach – ich brauchte mich nur aufs Rad zu setzen und den Berg hinunter zu rollen. Allerdings ging mir das komische Erlebnis einfach nicht mehr aus Kopf. Was, wenn doch etwas dran war? Vielleicht befand sich ja sogar irgendjemand in großer Not? Ich bremste und blieb stehen. Sah dieser feuchte dunkle Keller nicht aus wie ein Verlies? Ein Verlies in einer alten Burg? Obwohl mir der Gedanke vollkommen abwegig erschien, begab ich mich noch einmal zurück zur Burgruine. Ich schob mein Fahrrad wieder den steilen Berg hinauf und setzte mich noch einmal auf die Bank, auf welcher ich vorhin schon saß. Gedanken flogen mir durch den Kopf, ziemlich wirre Gedanken. Nachdenklich schaute ich mich im Burghof um. In einer dunklen verwinkelten Ecke entdeckte ich eine schmale niedrige Eisentür. Entschlossen schritt ich auf sie zu und klinkte. Zwar war es etwas anstrengend, aber einen kleinen Spalt ließ sie sich öffnen. Vor mir gähnte ein schwarzes Loch, in welches sich eine mehr als schmale Wendeltreppe hinabwälzte. Aus meiner Bauchtasche kramte ich eine kleine Taschenlampe und schaltete sie ein. Vorsichtig und Schritt für Schritt tastete ich mich nach unten. Es wurde immer kälter und auch immer enger. Irgendwann stand ich vor einer weiteren Eisentür. Sie war total verrostet und ich musste mich dagegenstemmen, um sie überhaupt bewegen zu können. Laut knarrend und quietschend gab sie ein wenig nach und ich hatte gerade so Platz, um mich durch den engen Spalt zu quetschen. Der Raum, in welchem ich mich jetzt befand, war schon wesentlich größer und glich einem recht geräumigen Keller. Aber ein Verlies? Nein, ein Verlies war das nicht! Von der Decke tropfte Wasser und es roch muffig und feucht. Plötzlich war es mir so, als hätte ich jemanden rufen gehört. Aber da hier unten ohnehin jeder Schritt ein gewisses Echo erzeugte, glaubte ich an eine Täuschung. Gerade wollte ich wieder zurückgehen, da hörte ich es ganz deutlich. Irgendjemand rief um Hilfe, ich war mir nun ganz sicher! Meter für Meter suchte ich die Wände nach einer Öffnung ab und fand tatsächlich einen winzigen, kaum erkennbaren Spalt. Und hier waren auch die Hilfeschreie am lautesten zu hören. Ich rief, dass ich versuchen würde, hinein zu kommen. Nur wusste ich einfach noch nicht wie. Entweder war die Person auf einem anderen Wege in diesen Nebenraum gelangt oder aber jemand hatte einen großen Stein vor die Öffnung bugsiert. Aber warum? Ein Unfall? Oder Absicht? Noch einmal suchte ich die Wände ab, fand aber nichts. Ich lief wieder nach oben und schaute in der gut überschaubaren Ruine nach einem Zugang. Doch nirgends gab es einen Hinweis auf eine Tür, ein Tor oder gar einen Schacht, der in die Tiefe führte. So blieb nur noch die letzte Vermutung übrig: jemand hatte die Person dort unten eingesperrt und einen großen Stein vor die Öffnung gewälzt. Da ich allein nichts mehr ausrichten konnte, rief ich über Handy die Polizei. Mit schwerer Technik wurde ein großer Felsquader zur Seite gerückt. Dahinter befand sich ein Raum, an dessen Decke lediglich eine Glühbirne flackerte. Alles sah erschreckend aus, fast wie in meiner Halluzination. Bei der Person, die um Hilfe gerufen hatte, handelte es sich um einen reichen Geschäftsmann. Ein Konkurrent hatte ihn unter einem Vorwand zur Burgruine gelockt. Vermutlich hatte er sich diesen Keller gezielt ausgesucht. Allerdings wollte er den Geschäftsmann nur einschüchtern. Er schlug ihn zusammen und ließ ihn einfach dort unten liegen. Unter der Burgruine befand sich jedoch ein alter Bergstollen, der just zu dem Zeitpunkt zusammenstürzte, als der Geschäftsmann im Keller darüberlag. Der Einsturz des Stollens bewirkte, dass ein großes Felsstück zur Seite brach und die Öffnung zum Keller verschloss. Der Geschäftsmann war gefangen. Hätte ich ihn nicht gefunden, wäre er vermutlich bald gestorben. Als es ihm wieder besserging, lud er mich zu sich nach Hause ein. Er berichtete mir, dass der Täter gefasst wurde und sich in Untersuchungshaft befände. Man fand sogar ein Foto, welches er von seinem Opfer kurz bevor er verschwand, geschossen hatte. Ich schaute es mir interessiert an und konnte nicht glauben, was ich da sah. Auf dem Foto hatte der Geschäftsmann die gleiche Lederjacke an, welche ich hinter dem Baum fand. Die graue Farbe und der lange Riss im Ärmel, alles war so, wie bei meinem Fundstück. Auf dem Foto war auch das Aufnahmedatum zu lesen. Es war exakt das gleiche, an welchem ich die Jacke gefunden hatte.

Der Schatz

Tim lebte allein auf dem Land. In seinem kleinen Dorf geschah nicht sehr viel. Deswegen fiel es sofort auf, wenn sich etwas veränderte. Es war im letzten Sommer. Tim war gerade auf dem Weg zum Briefkasten. Da erschien ein seltsam gekleideter Fremder im Dorf. Über seinen zerschlissenen Hosen trug er einen langen, dunklen Umhang. Er schien sich verlaufen zu haben und fragte Tim nach dem Weg zur Dorfkirche. Tim zeigte ihm den Weg, doch er hatte den Eindruck, dass ihm der Fremde nicht so recht zuhörte. Immerzu drehte er sich um und schien reichlich nervös zu sein. Tim konnte sich dieses eigenartige Verhalten nicht erklären. Doch als er schließlich zielgerichtet das altehrwürdige Gotteshaus betrat, glaubte Tim, alles sei in Ordnung. Tage später jedoch sah er den Fremden erneut. Mit ernster Miene und hartem Schritt lief er an Tims Häuschen vorbei. Diesmal allerdings erschien ihm das Verhalten des Fremden verdächtig. Und so zog er sich seine Jacke über und lief dem Fremden hinterher. Natürlich musste er sich in Acht nehmen, dass er nicht entdeckt wurde. Denn, wenn der Fremde etwas zu verbergen hatte, durfte er ihn nicht bemerken. Tim verfolgte ihn bis zur Dorfkirche. Und tatsächlich verschwand der Fremde in dem Gebäude. Vorsichtig schlich Tim hinterher und versteckte sich hinter einer dicken Säule. Der Fremde unterhielt sich angeregt mit dem Pfarrer, wobei er heftig mit seinen Händen gestikulierte. Es sah beinahe so aus, als ob er irgendetwas beschrieb. Leider konnte Tim kein Wort verstehen. Und so schlich er wieder hinaus und ging nach Hause.

Drei Tage vergingen, doch seine Beobachtungen gingen ihm einfach nicht mehr aus dem Kopf. Auch an jenem Abend lag er wieder in seinem Bettchen und konnte einfach nicht einschlafen. Da öffnete sich plötzlich die Tür und der Fremde stand im Zimmer. Tim bekam einen gehörigen Schreck und sprang aus seinem Bett. „Wie sind Sie hier hereingekommen", stellte er den Fremden zur Rede. „Die Tür war nicht verschlossen und da dachte ich, ich frag mal", druckste der Fremde herum. Die beiden setzten sich und der Fremde erzählte. Er behauptete, dass er gekommen sei, um einen Schatz zu holen. Dieser wäre in der Kirche vergraben und Tim könnte ihm ja bei der Bergung helfen. Tim glaubte zunächst, dass er sich verhört hätte. Doch der Fremde verzog keine Miene. Also schien es wohl zu stimmen. Als der Fremde ihn jedoch bat, sofort mit ihm in die Kirche zu gehen, lehnte er zunächst ab. Doch der Fremde ließ nicht locker, machte es dringend und meinte, dass er schon bald abreisen müsste. Tim ließ sich schließlich auf den verwegenen Wunsch des Fremden ein. Und gemeinsam liefen sie zur Kirche. Als sie vor dem Tor standen, lachte Tim und sagte: „Wir kommen doch gar nicht rein. Wir haben doch gar keinen Schlüssel." Der Fremde aber ließ sich nicht beirren. Mit seiner merkwürdig weißen

Hand berührte er den schmiedeeisernen Türbe-
schlag. Was dann geschah, erschien Tim wie ein
Märchen, wie Magie. Knarrend und quietschend
öffnete sich das Tor und wie von Geisterhand
entzündeten sich die Kerzen im Innenraum der
Kirche. Selbst der Altar erstrahlte in einem gespenstisch düsteren Licht. Vor dem Bildnis Jesu
fiel der Fremde auf die Knie und betete. Dann
berührte er die Inschrift *INRI* auf dem Kreuz und
plötzlich erhob sich der Altar und schwebte zur
Seite. Tim starrte auf das Geschehen und hielt
sich an einer Säule fest. Er konnte nicht glauben,
was er da sah. Aus der Tiefe trat eine kleine glit-
zernde Truhe hervor. Der Fremde rief Tim zu
sich und bat ihn, mit anzufassen. Und erst jetzt
wurde Tim klar, dass alles real und wirklich war,
was da geschah. Zögernd kam er hinter seiner
Säule hervor. Dann hoben sie die schwere Truhe
vorsichtig an und stellten sie auf dem Fußboden
ab. Der Fremde murmelte ein paar unverständli-
che Sprüche vor sich hin und der Altar schwebte
an seinen ursprünglichen Platz zurück. Dann zog
er einen Sack aus seinem Umhang und öffnete
die Truhe.
Sie war bis zum Rand mit Goldmünzen gefüllt.
Damit füllte er schließlich den Sack und band ihn
zu. Tim musste ihm nun helfen, den Sack auf den
Rücken zu binden. Das war nicht sehr leicht,
denn der Sack war sehr schwer. Als alles getan
war, bedankte sich der Fremde bei Tim und verabschiedete sich. Langsamen Schrittes trottete er
aus der Kirche. Tim schaute ihm fassungslos hin-

terher. Als er die Truhe auf dem Fußboden stehen sah, glaubte er, der Fremde hätte sie vergessen. Eilig schloss er den Deckel und lief damit aus der Kirche. Doch als er draußen ankam, konnte er ihn nirgends mehr entdecken. Der Fremde war wie vom Erdboden verschluckt. Später las Tim in einem alten Kirchenbuch, dass vor vierhundert Jahren ein Weiser namens Moga dem Dorf fünfhundert Goldmünzen vermacht hatte.

Der damalige Pfarrer aber galt als gierig und machtbesessen. Er verheimlichte die Schenkung und vergrub den Schatz unter dem Altar. Doch bevor er auch nur eine Münze ausgeben konnte, starb er ganz plötzlich an einer rätselhaften Krankheit. Der Weise wollte den Schatz zurückholen, doch die Kirche stürzte nach einem plötzlichen Erdstoß ein und begrub den Weisen unter sich. Erst im 19. Jahrhundert wurde die Kirche wiederaufgebaut. Doch den Schatz fand man nicht mehr. Neben dem Artikel über den sagenhaften Schatz entdeckte Tim eine Zeichnung. Sie zeigte die Kirche in ihrem damaligen Zustand und eine Person. Tim erkannte sie sofort, denn es war der geheimnisvolle Fremde.

Die Kutsche

08. September 1899

Fürst Fridolin von Feuerbach hatte sein altes Schloss sanieren lassen. Und das verschlang Millionen. Millionen, die er eigentlich gar nicht besaß. Er musste eine hohe Hypothek auf die gesamte Schlossanlage aufnehmen. Dennoch fühlte sich der Fürst wunderbar. Immer wenn er durch den neu angelegten Schlossgarten schritt und die herrlich erblühenden Rosen betrachtete, wusste er, dass der Entschluss zur Renovierung des Schlosses das Beste war, was ihm je einfiel. Aber der Fürst war auch ein sehr volksverbundener Mann. Sein Schloss, sowie die wunderschönen Parkanlagen durfte jeder bewundern. Und an Feiertagen gab es rauschende Feste mit reichlich Speisen und Getränken für alle Leute. Doch trotz all diesen schönen Dingen schien der Fürst bedrückt und manchmal sehr traurig. Vor zehn Jahren verstarb seine Ehefrau an Krebs. Seit diesem furchtbaren Verlust hatte er sich mit keiner Frau mehr einlassen wollen. Zu sehr hing er an den alten Erinnerungen – und an einer alten Kutsche. In dieser Kutsche fuhren die beiden damals oft durch die Lande und waren sehr glücklich miteinander. Die Kutsche stand in einem großen Pferdestall, hinter einem abgetrennten Verschlag. Der Fürst hatte sie nicht aufarbeiten lassen und niemanden, außer seinen Stallmeister ließ er an das Gefährt heran.

Manchmal nachts saß er lange darin und gab sich weinend seinen Erinnerungen an seine so sehr geliebte, verblichene Ehefrau hin. Dennoch, das Volk verlangte nach einer neuen Fürstin. Und so musste er sich wohl oder übel auf Brautschau begeben. Nach einem Jahr fand er endlich eine wunderschöne schwarzhaarige Gräfin, die sich rein zufällig im Schloss als Kammerzofe verdingen wollte. Sie war sehr schlau, aber der Fürst erfuhr niemals, woher sie kam. Doch obwohl sie ihm so gut gefiel, wollte sie keine Kinder. Immer öfter entschuldigte sich der Fürst vor seinem Volk dafür und verkündete, dass die neue Fürstin an einer unbekannten Krankheit litt und deswegen keine Kinder bekommen konnte. Man nahm ihm diese Lüge ab. Und tatsächlich umgab die schwarze Schönheit ein merkwürdiges Geheimnis. Sie war geldgierig und falsch! Hinter dem Rücken des Fürsten tätigte sie so manche krummen Geschäfte. Sie erließ heimlich Verordnungen, die dem Volk noch mehr Steuern abknöpfen sollten als bisher. Als der Fürst dahinterkam, redete sie sich gekonnt heraus. So schob sie Unwissenheit und Schwäche vor ihr böses, eiskaltes Verhalten. Sie meinte, sie habe es nur gut gemeint und wäre darauf bedacht, die marode Stadtkasse wieder aufzufüllen. Das stimmte natürlich nicht. Ganz im Gegenteil. Heimlich traf sie sich mit dem Bankdirektor, der dem Fürst damals den großzügigen Kredit für die Schlosssanierung gewährt hatte. Mit ihrer spitzen Zunge und ihren durchaus üppigen weiblichen Reizen wickelte sie den Bankdirektor ein und begann sogar ein Verhältnis mit ihm. Doch dabei hatte sie nur eines im Sinn: sie wollte die Macht, die Macht über das gesamte Fürstentum! Und so spann sie gemeine Intrigen gegen den Fürsten und brachte den Bankdirektor so weit, dass er eines Tages dem Fürsten den Kredit kündigte. Dem Fürsten hingegen spielte sie die traurige Betroffene vor. Sie sprach mit dem Bankdirektor ab, dass ab sofort sie selbst als Eigentümerin der Schlossanlage eingetragen wird. Dem Fürsten allerdings ging es von Tag zu Tag immer schlechter. Es brach ihm regelrecht das Herz, alles, was seine Vorfahren aufgebaut hatten, vermutlich für immer zu verlieren. Schließlich lag er nur noch wimmernd im Bett und das Volk befürchtete bereits das Schlimmste. Der Fürstin hingegen ging es blendend. Sie besaß nun das Schloss, den Schlossgarten und die alte Kutsche. Und sie plante bereits die Hochzeit mit dem hinterhältigen Bankdirektor. An einem stürmischen Abend ging sie in den Stall und schaute sich dort um. Als sie die alte Kutsche vor sich stehen sah, lachte sie laut und schrill. „Was für ein Schrotthaufen", rief sie laut. Sie öffnete die wackelige Tür und stieg ein. „Und wie das hier riecht, einfach eklig", fauchte sie vor sich hin. Was dann geschah, konnte man später nicht mehr rekonstruieren. Irgendwann wollte die Fürstin wohl wieder aus der Kutsche aussteigen. Doch so sehr sie auch an der Tür rüttelte, sie ließ sich einfach nicht mehr öffnen. Die Fürstin schrie und tobte,

doch alles Fluchen war vergebens, die Tür blieb
zu! Mehr noch, die Kutsche setzte sich plötzlich
in Bewegung, ganz ohne Pferde. Langsam rollte
sie aus dem Stall in das immer heftiger werdende
Unwetter hinein. Blitze zuckten, laute Donner-
schläge rumorten über der Schlossanlage und
Hagel prasselte hernieder. Die völlig verängstig-
te Fürstin krallte sich an der schmiedeeisernen
Klinke der Kutschentür fest. Immer und immer
wieder versuchte sie, die Tür doch noch zu öffnen. Doch alle Mühen waren vergebens. Die
Kutsche raste über den Schotterweg, der geradewegs in einen angrenzenden dichten Wald
führte. Dort löste sie sich einfach in Luft auf und
verschwand in einer Nebelwolke.
Am nächsten Morgen erschien der Stallmeister
schon sehr früh beim Fürsten und teilte ihm völlig aufgelöst mit, dass die alte Kutsche verschwunden sei. Irgendjemand musste sie aus
dem Stall gestohlen haben. Der Fürst rannte in
den Stall hinunter und musste den tragischen
Verlust zur Kenntnis nehmen. Doch was war
das? Als die Kutsche weggefahren war, musste
sich eine Truhe, die am Heck befestigt war, ge-
löst haben. Vermutlich war sie morsch oder die
alten Schrauben, mit denen man sie festge-
schraubt hatte, waren durchgerostet. Der Fürst
betrachtete die Truhe und fragte den Stallmeister, ob er einen Schlüssel dafür besäße. Der
schüttelte nur ungläubig den Kopf. Doch plötzlich zog der Fürst eine Haarnadel seiner verstor-
benen Frau, die er immer bei sich trug, aus seiner

Jackentasche und gab sie dem Stallmeister. „Hier versuchen Sie es doch mal damit", sagte er zu ihm. Der Stallmeister nahm die Haarnadel und steckte sie in das Schloss. Und welch Wunder, unter lautem Knacken und Knirschen sprang es auf. Was die beiden dann zu Gesicht bekamen, konnten sie einfach nicht fassen. Die Truhe war bis zum Rand mit Goldmünzen gefüllt. Einige fielen beim Öffnen des Deckels auf den Boden und kullerten munter zwischen die herumliegenden Heuballen. Die Freude schien grenzenlos. Dem Fürsten und auch dem Stallmeister liefen dicke Tränen übers Gesicht. Wie war es nur möglich, dass über die vielen langen Jahre niemand etwas von diesem Schatz bemerkt hatte? Doch es schien müßig, sich darüber noch den Kopf zu zerbrechen. Fest stand, dass nun genug Geld vorhanden war, um den Kredit bei der Bank abzulösen. Der Fürst bekam 5 Millionen für die Goldmünzen und zahlte davon den Kredit zurück. Es blieb sogar noch etwas übrig, so dass er dem Volk ein neues Badehaus spendieren konnte, in welchem sich die Leute erholen konnten. Erholen von den Strapazen, die ihnen die böse Fürstin bereitet hatte. Die böse Fürstin selbst aber hatte niemand mehr zu Gesicht bekommen. Irgendwann, in einer stürmischen Regennacht erschien die alte Kutsche dann doch wieder vor dem Stall des Schlosses. Sie erstrahlte im hellsten Weiß, welches man sich vorzustellen vermochte und wurde von sechs kraftvollen weißen Pferden gezogen. Es heißt, dass man die ehemalige, schließlich verstorbene Frau des Fürsten darin gesehen habe. Der Fürst, der sie so sehr geliebt hatte, stieg zu und die beiden verschwanden auf Nimmerwiedersehen.

Und wenn man Glück hat, dann erscheint die Kutsche noch heute als Phantom vor der verfallenen Schlossruine. Und darin küssen sich der Fürst und seine Frau, die er nie vergessen konnte.

Die Kapelle

Es war eine wunderschöne Hochzeit. Elli war froh, endlich den richtigen Mann gefunden zu haben. Sie hatte es schon nicht mehr für möglich gehalten, doch ihre Schwiegermutter teilte diese Freude nicht. Sie schien Elli zu hassen und nutzte jede noch so lapidare Möglichkeit, um Elli zu diskreditieren.

Elli hingegen war glücklich. Ihr Ehemann Ken verdiente sehr viel Geld mit einer eigenen Immobilienfirma und die Geschäfte liefen bestens.

Es war nur noch ein einziger Wunsch, den die junge schöne Frau bisher nie laut aussprach: sie wollte so gern eine kleine weiße Kapelle haben, wo sie ab und an hingehen konnte, um zu beten.

Als Ken von Ellis Wunsch erfuhr, war er sofort einverstanden. Überhaupt las er ihr beinahe jeden Wunsch von den Lippen -und sogar von den Augen- ab. Er wollte seine Frau glücklich sehen, und die weiße Kapelle wurde gebaut.

Als sie fertig war, wollte Elli nur noch eines: ihrem Ken in dieser wunderschönen Kapelle noch einmal ihr Ja-Wort geben. Auch damit war Ken einverstanden und es sah so aus, als wenn die beiden das glücklichste Ehepaar der Welt seien.

Die Schwiegermutter mit Namen Agatha aber hasste Elli wie die Pest. Sie konnte es nicht verwinden, dass es nun Elli war, die Kens Vermögen aus den Immobilienverkäufen genießen durfte. Sie selbst aber war abgeschrieben und sann in jeder Sekunde nach irgendetwas, das Elli in Misskredit bringen konnte. Als sie dann auch noch von der weißen Kapelle erfuhr, schwor sie ihrer Schwiegertochter, dass sie nicht sehr lange Freude an dem kleinen Bauwerk haben würde.

Eines nachts hatte Elli einen sonderbaren Traum. Sie sah sich in der kleinen Kapelle, neben sich Ken und vor sich den kleinen Altar. Plötzlich verfinsterte sich der Tag und riesige Hagelkörner, die so groß wie Hühnereier waren, prasselten unheilvoll vom Himmel herab. Sie drohten die kleine Kapelle zu zerstören, doch sie hielt Stand. Dafür aber verlor sie ihre weiße Farbe, wurde pechschwarz und aus dem Inneren des Altars drang ein schrilles bedrohliches Lachen.

Schweißgebadet erwachte Elli und wusste nicht, wie sie das alles verstehen sollte. Es war ein furchtbarer Alptraum und sie sollte noch weitere zehn Nächte derartig furchterregende Träume haben.

Schließlich hielt sie es nicht mehr aus. In der elften Nacht brachte sie kein Auge zu und stand auf, um zur weißen Kapelle zu gehen. Sie wollte dort ein Gebet sprechen und sich vorm Altar zur Ruhe legen. Sie fühlte sich einfach wohler, wenn sie die Kapelle selbst bewachte. So glaubte sie, sicher zu sein, dass nichts Schlimmes geschah.

Das kleine Häuschen lag gespenstisch unter den düsteren Baumschatten und nur die milchig leuchtende Scheibe des Vollmondes spendete ein ganz klein wenig Licht, damit man den Weg zur Kapelle noch sehen konnte. Vorsichtig und leise öffnete Elli die schwarze metallene Gittertür und setzte sich traurig neben den kleinen Altar. Leise sprach sie ein Gebet und hoffte inständig, dass all ihre schlimmen Alpträume niemals wahr werden würden.

Plötzlich jedoch geschah das Entsetzliche! Ein heftiger Hagelschauer setzte ein und der immer heftiger werdende Sturm peitschte die hühnereigroßen Hagelkörner wie Geschosse gegen die weißen Mauern der kleinen Kapelle. Es schien, als könnte das winzige Häuschen nichts entgegensetzen und im Mauerwerk knackte es bereits bedenklich. Aber auf einmal verfärbten sich die Mauern des Häuschens, was Elli wegen der dunklen Nacht ja nicht sehen konnte. Schließlich waren die Mauern in der pechschwarzen Nacht nicht mehr zu sehen. Stattdessen fuhren grelle Blitze aus ihnen heraus, die geradewegs in den wolkenverhangenen Himmel zuckten. Sie zerschnitten regelrecht die Hagelwolken, die dem Angriff nicht sehr lange standhalten konnten. Sie lösten sich einfach auf und die Kapelle wurde wieder weiß. Erleichtert erhob sich Elli, denn die vielen Gebete schienen sich gelohnt zu haben.

Langsamen Schrittes verließ sie die kleine Kapelle und wollte ihrem Mann von dieser Neuigkeit berichten. Längst war es heller Morgen, doch als sie heimkehrte, kam ihr schon die Stiefmutter entgegen. Sie war sehr aufgelöst und berichtete Elli, dass sie Ken leblos im Haus aufgefunden habe.

Elli konnte das nicht glauben, doch als sie ins Schlafzimmer schaute, lag da ihr Mann auf dem Bett, und er war tot.

Weinend brach Elli vor dem Bett zusammen und die Stiefmutter lachte sich heimlich ins Fäustchen. Für sie schien sich das lange Abwarten gelohnt zu haben, denn nun würde die Ehe ihres Sohnes beendet sein und sie konnte die verhasste Schwiegertochter Elli endlich davonjagen. Letztlich würde sie sich das Vermögen ihres Sohnes aneignen können und die Kapelle abreißen lassen.

Allerdings konnte sie nicht mit Ellis starkem Willen rechnen, denn die wollte sich mit dem Tod ihres geliebten Ken keinesfalls abfinden. Sie rief den Pfarrer an, aber nicht, um Ken abholen zu lassen – sie wollte Ken in die weiße Kapelle bringen, um dort für ihn zu beten.

Der Pfarrer kam schnell und gemeinsam brachten sie Ken auf einer Trage zur Kapelle. Die Schwiegermutter half zu keiner Sekunde – sie hatte sich in ihrem Zimmer im Obergeschoss verschanzt und alles beobachtet. Als sie sah, wie die beiden den leblosen Leichnam in den Wagen des Pfarrers schoben, rannte sie in Windeseile die Treppe nach unten, um sogleich zur Kapelle zu eilen. Dort versteckte sie sich hinter dem Haus und wartete ab.

Elli und der Pfarrer stellten die Trage mit Kens Leichnam neben dem Altar ab. Dann knieten sie nieder und sprachen ein Gebet nach dem anderen. Doch statt eines Wunders verfinsterte sich erneut der Himmel und ein noch viel heftigeres Unwetter als das, was Elli bereits in der Nacht erlebt hatte, ging über der Kapelle nieder. Die Schwiegermutter, die noch immer hinter der Kapelle ausharrte, frohlockte vor Glück. Denn sie war sich sicher, dass der Teufel gekommen war, um Elli, den Pfarrer und letztlich den toten Ken zu sich zu holen.

Doch dem war nicht so, denn erneut verfärbte sich die Kapelle tiefschwarz und schickte grelle Blitze in den düsteren Himmel. Schon begann die Schwiegermutter schrill zu lachen, da fuhr einer der Blitze auf sie hernieder. Sie fiel um und an ihrer Stelle fuhr eine grelle Stichflamme in den Himmel. Alsbald verzogen sich der Hagel und der fürchterliche Sturm. Die Kapelle erstrahlte in einem leuchtenden Weiß, wie sie wohl noch niemals erstrahlte. Und das Wunder hatte sich vollzogen, denn Ken war von seiner Trage aufgestanden. Er lebte und fiel seiner geliebten Elli weinend um den Hals. Alle Gebete hatten gewirkt und Ken ins Leben zurückgeholte. Der Pfarrer konnte das Wunder kaum fassen und Elli konnte gar nicht mehr von ihrem Ehemann Ken lassen.

Die weiße Kapelle wurde zum Wallfahrtsort und all die Menschen, die kamen, beteten und erlebten Wunder, die sie sich nie vorzustellen vermochten.

Ja, und immer, wenn ein Unheil drohte, verfärbte sich das weiße Mauerwerk der Kapelle, wurde pechschwarz und grelle Blitze zuckten zum

Himmel empor. Einige Leute meinten, dort oben im Himmel eine Gestalt gesehen zu haben. Nein, es war nicht die der bösen Stiefmutter, sondern vielmehr die Silhouette eines alten Mannes mit einem langen weißen Bart …

Kids X – Two

1. Die Bedrohung

Es war die Zeit der Uneinigkeiten auf der Welt. Überall flammten Kriege auf und keiner vermochte heute sagen, was wohl morgen sein würde. So stieg die Kriegsgefahr allerorten und auch unser kleiner Sunny aus Hollywood bekam das bitter zu spüren. Denn Mrs. Simms, seine Lehrerin meinte, dass die Schüler mit ihren Eltern sprechen sollten, vielleicht über einen Atombunker nachzudenken.

Einige aus Sunnys Klasse hatten schon so etwas, aber Sunny war das alles ziemlich neu. Auch hatte er große Angst davor, denn im Fernsehen hatte er oft Atombombentests gesehen und mitverfolgt, wie verheerend die Kraft einer solchen Waffe ist. Als dann auch noch eine neue Fusionsbombe vom Präsidenten vorgestellt wurde, eine Bombe, die heller als das Sonnenlicht aufblitzte, wenn sie zerbarst, zitterte er am ganzen Leibe. Was sollte wohl aus seinem schönen Hollywood werden, wenn sich die Menschen auf der Welt nicht einigen könnten und mit solch bösartigen Waffen aufeinander losgingen? Alles wäre verloren: Kunst, Können, Talente, Wasser und Meere, der Himmel und natürlich auch die wunderschönen Hollywood-Hills. Alles wäre aus und vorbei.

Doch nachdem in den Nachrichten von einem Staatspräsidenten eines ziemlich kleinen Landes gesprochen wurde, der kurz davor war, eine solche Waffe gegen Amerika zu schicken, musste eine Lösung her! Aber wo sollte die wohl herkommen, wenn doch schon so viel Pulver verschossen worden war? Immerhin hatten sich der Präsident und der ominöse, ziemlich dick und dumm dreinschauende Staatsmann einige verbale Schlagabtausche geliefert, wobei sie sich beide nichts schuldig geblieben waren.

Da erreichte den kleinen Sunny die Kunde, dass es ein geheimes Signal geben sollte, ein Befehl, den niemand kannte und der in Kürze an die bewaffneten Einheiten gerichtet werden sollte. Sunny konnte es nicht glauben – waren die Menschen wirklich derart dumm, dass sie sich alles, was sie selbst einmal erschaffen hatten, mit einer einzigen Waffe zerstören ließen? Wie konnte er nur verhindern, dass es so weit kommen konnte?

In der folgenden Nacht konnte der kleine Junge einfach nicht einschlafen. Zwar hatte ihm seine Mami beruhigende Worte ins Ohr geflüstert, ihm dann auch noch klargemacht, dass so schnell schon nichts verloren sei, doch das konnte Sunny auch nicht mehr beruhigen. Und so lag er die halbe Nacht wach und sah alles in einer riesigen atomaren Wolke dahingehen.

Da raschelte es am Fenster und die Gardine wehte ein bisschen ins Zimmer. Sunny kannte das bereits, denn immer, wenn das so war, kreuzte sein Papa mit der silbernen Wolke von irgendwoher auf. Und so sollte es auch diesmal sein. Die Gardine schob sich ein wenig beiseite und schon stand der Papa vor dem Fenster. Natürlich war die Wiedersehensfreude riesengroß und die beiden fielen sich mal wieder weinend in die Arme. *„Nur schade, dass dich die Mami nicht so sehen kann, wie ich dich immer sehe"*, flüsterte Sunny und der Papa stöhnte: *„Ja, ja, ich weiß."*

Aber dann setzte sich der Papa auf Sunnys Bettchen und wartete, bis auch sein kleiner Sohn neben ihm platzgenommen hatte. Mit düsteren Worten begann er schließlich zu erzählen: *„Weißt Du Sunny, die Welt ist diesmal sehr böse bedroht. Sie ist in großer Gefahr, weil der fremde Staatsmann eine nukleare Bombe in Richtung Amerika schicken will. Das tut er bereits heute Nacht. Wir müssen sofort losfliegen, um irgendetwas zu retten. Hoffentlich ist nicht schon alles zu spät, denn die Rakete soll zur Insel Crown, die im Pazifik liegt und unter amerikanischer Hoheit steht, abgefeuert werden. Komm, die Silberwolke wartet draußen vor dem Fenster!"*

Natürlich bekam Sunny einen ordentlichen Schrecken, denn mit dieser Sachlage hatte er nun wahrlich nicht rechnen können – bisher hatte er noch gehofft, alles würde sich von alleine klären. Doch nun schien wirklich alles verloren.

Die beiden kletterten leise aus dem Fenster und schon flogen sie mit der silbernen Wolke unmerklich von allen in den dunklen Nachthimmel hinein.

Es dauerte eine knappe Stunde, bis sie die Insel Crown erreichten. Auch hier schlief schon die Bevölkerung, doch am Himmel tauchte etwas Unheilvolles auf: Die todbringende Rakete!

Sie raste derart schnell, dass sie schon nach drei Sekunden an der silbernen Wolke vorüberzischte. Sunny hielt sich die Hand vor sein Gesicht und der Papa raunte nur noch: *„Zu spät"*, da krachte es auch schon ohrenbetäubend. Der Staatsmann also hatte ernstgemacht – die Atomrakete war Realität geworden. Mit einem gewaltigen Blitz, der heller schien als das Sonnenlicht war, explodierte sie und legte die Insel innerhalb von Sekunden in Schutt und Asche. Glücklicherweise konnte sie der Silberwolke nichts anhaben, denn die bestand aus einem Material, welches unzerstörbar war und sich urplötzlich fortbewegen konnte. Und so jagte sie mit ihren beiden Insassen Sunny und dessen Papa aus dem Strahlungsgürtel heraus und war nach einer Sekunde schon wieder an der Küste Amerikas. Doch diesmal war nichts mehr wie sonst, denn das, was nie hätte geschehen dürfen, war eingetreten, die Welt hatte einen Kernwaffenangriff erleben müssen, einen Angriff auf das freiheitliche Amerika!

Die Insel Crown im Pazifik war nur noch ein Haufen radioaktiven Staubes. Nichts stand mehr und die Hauptstadt Crescent war nicht mehr existent. Kein einziger der 7000 Einwohner hatte es überlebt, war nicht einmal mehr vorhanden. Nur ihre Schatten waren im geschmolzenen Asphalt eingebrannt. Es war einfach nur gespenstisch. Es war die Stille des Todes und des Unheils, die Stille des Teufels, der seine schwarzen

Schwingen wie ein mythischer Vogel über diesem unheilvollen Ort ausgebreitet hatte.

Doch das war noch längst nicht alles, denn kaum war der Angriff vollzogen, tauchte auch schon eine E-Mail auf, in welcher eine unbekannte Gruppe den nahen Angriff auf das amerikanische Festland ankündigte.

Sunny saß in der schützenden Zauberwolke und konnte es nicht glauben. Dass es tatsächlich ein Mensch gewagt hatte, in diesen Zeiten, den Zeiten des Friedens, einen solch verrückten Einsatzbefehl zu geben – es war unfassbar.

Sunny zitterte am ganzen Leibe und dicke Tränen liefen ihm übers Gesicht. Sollte wirklich alles verloren sein? Gab es diesmal keine Rettung aus all dem Alptraum, so, wie es bislang nie war?

Abertausende Gedanken flogen dem kleinen Jungen durch den Kopf. Die Insel Crown kannte er zwar bisher gar nicht, doch die Menschen, die dort ums Leben gekommen waren, taten ihm allesamt leid. Warum nur mussten sie sterben?

Der Papa hatte die Silberwolke in der Atmosphäre der Erde geparkt, um über alles nachzudenken. Er saß vor seinem Laptop und starrte auf die Nachrichten, die sich regelrecht überschlugen. Plötzlich hielt er inne! *„Was ist das"*, rief er laut, *„da ist etwas, dass da nicht hingehört!"* Sunny stutzte – wie hatte das der Papa gemeint? Was sollte wo nicht hingehören? Er setzte sich neben seinen Papa und starrte auf die Kurven und Linien eines sonderbar erscheinenden Diagramms. Da war eine Kurve aufgetaucht, die äußerst sonderbar erschien. Es war ein Signal, welches irgendeine Nachricht in sich barg. Es war völlig klar, doch es gestaltete sich schwer, diese Nachricht zu extrahieren. Der Papa aber schaffte es und dann erschien eine Landkarte, worauf sich ein kleiner Pfeil magisch bewegte. Wie von Zauberhand geführt kreiste er über Amerika und Sunny glaubte schon, dass er irgendwo in seinem Heimatland niederging. Doch dem war nicht so – er bewegte sich von Amerika weg, über den Atlantik, über Spanien, Frankreich bis nach Deutschland. Dort kreiste er schließlich über der Hauptstadt Berlin und kam schließlich zur Ruhe. Sunny starrte seinem Papa mitten ins Gesicht und wusste gar nicht, was er dazu sagen sollte. Was sollte das? Was hatte das zu bedeuten? Wieso Berlin, die deutsche Hauptstadt? Irritiert stotterten die beiden herum und plapperten die wildesten Verschwörungstheorien. Ein Piepsen unterbrach schließlich das Geplapper und auf dem Display erschien das Wort: *Bunker!* Kein Zweifel, der Pfeil deutete auf einen Bunker, der sich in Berlin befand! Genauer gesagt befand sich der Bunker in einem Waldstück mitten in Berlin – nur, wo sollte das sein? Und was hatte dieses Signal, welches eigentlich mit dem Verbrecher des fremden Staates in Verbindung gebracht werden sollte, ausgerechnet mit Berlin zu tun?

Der Papa meinte, dass in Deutschland viele russische Bürger lebten und vielleicht da die Wurzel dieses Übels zu suchen sei. Sunny aber glaubte nicht so recht daran, denn wenn dem so wäre, würde vielleicht auch irgendein Hinweis auf Russland zu finden sein. Doch diesen gab es nicht und so rätselten die beiden noch eine Weile fruchtlos herum. Als der Papa die Nachrichten einschaltete, wurde die Verwunderung noch größer. Denn dort wurde berichtet, dass die Atomrakete, die die Insel Crown vernichtet hatte, aus dem Weltall gelenkt wurde. Sie sollte angeblich einen Atombunker auf Crown aufspüren und vernichten. Waren da etwa UFOs am Werke? Sunny wagte nicht, den Gedanken weiterzuführen und sein Papa hielt seinen Zeigefinger vor den Mund. Was hatten Außerirdische davon, unsere Welt zu vernichten – sollen die wirklich von so weit hergekommen sein, nur, um uns zu vernichten? Das machte nun wahrlich keinen Sinn. Da musste schon etwas Glaubwürdigeres her? Wollte vielleicht jemand vertuschen, was wirklich hinter all diesem Theater steckte?

Fest stand, dass die amerikanische Insel Crown durch einen feigen Atombombenabwurf nicht mehr existierte. Fest stand auch, dass die Spur nach Berlin, nach Deutschland führte. Und fest stand ebenfalls, dass Sunny etwas unternehmen musste, bevor es so weitergehen konnte. Nur was, das wusste der kleine mutige Junge leider nicht. Allerdings gab es einen einzigen wichtigen Fakt, der als nächstes auf der Tagesordnung stand: Eine Reise nach Berlin!

Die Silberwolke von Sunnys Papa parkte noch immer in der Erdatmosphäre. Der Papa hatte

lange überlegt, was sie nun tun sollten, da rief Sunny: *„Wir müssen nach Berlin, schnellstens!"*
Der Papa nickte schweigend und schon setzte sich die silberne Wolke in Bewegung – es ging in Richtung Erde, nach Deutschland. Nach drei Stunden Flug waren sie endlich angekommen, doch sie konnten nicht so einfach in Berlin landen. Viel zu viele Leute … aber halt … die Silberwolke konnte ja niemand sehen, denn sie war ja ein Gespinst der Träume, oder? Der Papa grinste, wenngleich die gesamte Situation nicht so recht Freude aufkommen lassen wollte. *„Ich habe den Punkt gefunden, wo wir landen können"*, meinte er dann und ganz langsam senkte die silberne Wolke ihre Nase nach unten. Sunny und der Papa lagen in ihren cognacfarbenen Leder-Formsitzen und hatten sich angeschnallt. Es wurde ziemlich holprig, doch das störte die beiden nicht. Sie lagen bequem und schauten gespannt auf die Hologramme vor sich, worin sie genau sehen konnten, wohin sie flogen. Lautlos und unsichtbar glitt das sonderbare Fluggerät immer tiefer und verschwand schließlich zwischen den Häusern der riesigen Stadt. Wo das nur sein mochte – Sunny befragte das Hologramm. *„Wir befinden uns in Berlin, der deutschen Hauptstadt. Gleich werden wir einen Wald erreichen"*, antworte die frische Mädchenstimme und Sunny war schon ganz aufgeregt. *„Seltsam"*, verkündete er plötzlich, *„das Waldstück ist nirgends im Navigationsprogramm verzeichnet. Wo soll denn das sein?"* Neugierig schaute nun auch der Papa

auf die virtuelle Karte. Tatsächlich, hier sollte eigentlich das Zentrum der großen Stadt sein, der Kurfürstendamm. Hier gab es doch keinen Wald. Dennoch war er zu sehen, was schon ziemlich verwirrend war.

Immer näher driftete die Silberwolke auf eine ziemlich verfallene Häuserzeile heran – und die Stimme des Navigationssystems stotterte in einem fort von einem sonderbaren Wald. Plötzlich wurde ein Haus angepeilt, welches eigentlich ein Geschäft beinhaltete. Sollte hier etwa ein Wald … unmöglich. Dennoch schien er da zu sein, was schon ziemlich verwirrend war. Langsam und von den vielen Menschen, die an diesem Tag über den Berliner Kudamm wandelten, schob sich die silberne Zauberwolke über das dreistöckige graugelbe Gebäude. Schließlich drang sie durch die Mauern in das Innere vor. Sunny staunte, denn das hätte er nun wahrlich nicht gedacht. Das Haus schien leer zu stehen, denn weder ein Mensch noch ein Möbelstück befand sich in der kleinen Wohnung. Die Zauberwolke blieb stehen, doch der Papa gab noch kein Zeichen, dass sie aussteigen mochten. Ganz im Gegenteil – mit seinen Händen deutete er auf einen rot schimmernden Knopf neben dem Sitz. Es war der Knopf, der die Sicherheitsgurte am Sitz aktivierte. Vorsichtig hielt Sunny seinen Zeigefinger vor das rote Licht und augenblicklich wurde er von zwei Gurten umschlungen. Auch der Papa hatte seinen Gurt ausgelöst und schon begann die Silberwolke zu rütteln und zu ruckeln. Das

Vibrieren wurde immer stärker und schon bald verfärbte sich die Umgebung um sie herum. Sie wurde grün und stellte sich schon nach wenigen Augenblicken als Wald dar. *„Schau nur"*, rief Sunny, *„der Wald!"* Und der Papa nickte nur beruhigend. Als das Vibrieren und das Ruckeln aufhörten, lösten sich auch die Sicherheitsgurte und die Luken öffneten sich. Die beiden steigen aus und fanden sich in einem leise rauschenden und wundervoll nach Kräutern und Baumholz riechenden Wald wieder. Ach, war es hier schön – die beiden liefen einige Schritte und setzten sich dann auf einen herumliegenden Baumstamm. Woher kam nur dieser Wald inmitten der riesigen Stadt? Auf diese Frage wusste auch der Papa keine Antwort. Trotzdem schienen sie dem Geheimnis, weswegen sie eigentlich bis hierher geflogen waren, ein riesiges Stück näher gekommen zu sein. Über ihnen vernahmen sie Vogelgezwitscher. Doch dieses Zwitschern entpuppte sich schließlich als Worte. Der winzige Vogel da über ihnen wollte wohl mit ihnen sprechen, denn er redete unentwegt. Nun verstanden die beiden die Worte: *„Lauft los, immer geradeaus, dann kommt ihr zu einer Hütte, die unter einem Fichtenhain steht. Geht hinein und ihr kommt der Wahrheit näher!"* Als die beiden nach oben schauten und Sunny zu sprechen beginnen wollte, flatterte der kleine Vogel auf und davon. Es blieb den beiden also nichts weiter übrig, als dem Hinweis des kleinen Federballs zu folgen. Stöhnend erhoben sie sich und liefen los. Es war schon ziemlich

145

beschwerlich, durch das Unterholz und über Stock und über herumliegende Äste zu stolpern. Es gab keine Wege und das Geäst wurde immer dichter. Als sie an einem kleinen Hügel standen ging es nicht mehr weiter. *„Wie soll es jetzt weitergehen"*, jammerte Sunny, doch sein Papa meinte, dass sie einfach weiter geradeaus laufen müssten, auch, wenn es schwierig wird. Schließlich erreichten sie die drei Fichten. Sie standen in merkwürdigerweise gleichen Abständen zueinander und hielten die kleine Holzhütte darunter sehr gut versteckt. *"Kein Wunder, dass das hier nie jemand gefunden hat"*, raunte der Papa, und Sunny nickte nur zustimmend. Die Tür der Hütte ließ sich leicht öffnen, doch was sich dahinter verbarg, konnten die beiden Eindringlinge nicht glauben.

Vor ihnen breitete sich eine wundersame fremde Welt aus, die so ganz und gar nicht der Welt glich, die sie kannten. Vielmehr glaubten sich die beiden in einem Science-Fiction-Film und blieben kopfschüttelnd stehen. Überall schwebten weiße Kugeln über dem Boden und ein künstlicher Wald aus sonderbar geformten Bäumen rahmte eine seltsame gelbe Trasse ein. War das eine Straße? Aber wo blieben dann die Autos? Es gab keine Autos, denn kleine tropfenförmige Vehikel flogen über der Trasse in alle Richtungen. Was für eine einzigartige Technologie, aber wie war es möglich, in diese seltsame Welt der Zukunft zu gelangen? Da flatterte auch schon wieder der merkwürdige Vogel, den sie schon vorhin im

Wald gesehen hatten, über ihre Köpfe hinweg. *„So, ihr seid schon sehr weit gekommen"*, zwitscherte er, *„doch das Ziel ist noch etwas entfernt. Geht zur Trasse und steigt in eines der Tropfen-Taxis ein. Es hält genau neben euch und wird euch bis zum geheimen Point-X bringen. Dort seid ihr dann am Ziel, viel Glück!"* Damit flog der kleine Vogel in den blauen Sommerhimmel hinein und kam nicht wieder zurück. Sunny jauchzte laut – er fühlte sich richtig gut und dann liefen die beiden los. An der Trasse betrachtete sich Sunny die umherstehenden Bäume etwas genauer. Sie mussten aus einem kunststoffartigen Material bestehen und über ihnen breitete sich ein grünlich schimmerndes Blattgeflecht aus, welches ebenfalls aus diesem künstlichen Material bestehen musste. Das Tropfen-Taxi kam ziemlich schnell und hielt wirklich genau neben den beiden. Sunny betrachtete sich das merkwürdige Vehikel etwas genauer. Es schwebte ungefähr fünfzig Zentimeter über dem Boden und gab kein Geräusch von sich. Das war schon toll, doch dann wurden die beiden von einer sanften Kraft ins Innere gehoben. In den weichen Sitzen, die an eine Relax-Liege erinnerten, war es warm und sehr bequem. Hier hätte Sunny ganz bestimmt Stunden verbringen können, wenn es nicht viel interessanter gewesen wäre, nach draußen in die fremdartig anmutende Landschaft zu blicken. Merkwürdige Maschinen, die allesamt über dem Boden schwebten, rauschten kaum hörbar über riesige Ackerflächen dahin und schienen die Felder zu mähen. Immer schneller jagte das Tropfen-Taxi über die Trasse und immer schneller huschte die Landschaft an ihnen vorüber. Die sonderbaren weißen Kugeln, die zu Dutzenden am Trassenrand standen, schienen wohl so eine Art Wohnhäuser zu sein, denn es sah fast so aus, als ob diese Kugeln in ihrer Vielzahl Städte bildeten. Schließlich verlangsamte sich die Fahrt und das Gefährt kam zum Stehen. Die beiden wurden genauso sanft aus dem Taxi gehoben, wie sie hineingebracht worden waren. Dann rauschte das Taxi auch schon wieder davon. In der seltsamen Kugelstadt, wie Sunny die vielen über dem Boden schwebenden Kugeln nannte, gab es kaum Anhaltspunkte und auch hier sah man keinen einzigen Menschen. Wo die nur alle waren? Und: Wo befand sich der geheime Point-X? Sunny, und auch sein Papa, konnten sich das nicht erklären. Sie mussten aber genau an ihrem Zielort angekommen sein, denn plötzlich öffnete sich eine Luke, die wie ein Kanaldeckel in der Trasse eingelassen worden war. Auf der Luke erkannten die beiden eine Gravur – dort stand zu lesen: Point-X! Sie waren also am Ziel. Eine metallene Leiter führte nach unten und die beiden warteten nicht lange, sie wollten endlich wissen, wie es weiterging und stiegen hinab. Es war stockdunkel und angesichts der futuristischen Welt da draußen, konnten sich die beiden diese mittelalterlich anmutende düstere Welt nicht so recht erklären.

Es musste eine sich ewig lang hinziehende Stunde gedauert haben, bis sie endlich am Grund des Schachtes angekommen waren. Wie ein dunkler feuchter Kellergang lag ein schmaler Stollen vor ihnen, von dessen steiniger Decke Wasser herniedertropfte. Es patschte bei jedem Schritt und nur Sunnys Taschenlampe beleuchtete den engen feuchten Gang.

Auch hier mussten sie ewig laufen, um endlich ein winziges Licht in der Ferne flackern zu sehen. Waren sie nun am Ziel? Das Licht entpuppte sich als Fackel, die neben einer geschlossenen Holztür in einer schmiedeeisernen verrosteten Vorrichtung steckte. Der Papa zog die Fackel heraus und meinte, dass Sunny seine Taschenlampe ausschalten sollte, weil sie Strom sparen mussten. Die Tür ließ sich nur sehr schwer öffnen – möglicherweise war hier unten seit langer Zeit keiner mehr gewesen. Als sie endlich offen war, standen die beiden vor einem etwas breiteren Gang, durch den sich endlos lange Schläuche und Kabel schlängelten. Auch hier: Kein Mensch, nichts und niemand war zu sehen! Hinter einem Mauervorsprung setzten sich die beiden auf einen dort herumliegenden großen Stein. Wo sollte ausgerechnet hier, in einer Welt jenseits unserer Zeit, an einem Ort namens „Point-X", wo sollte hier die Lösung des Krieges, in welchen die Welt in Kürze stürzen mochte, liegen? Ratlos starrten die beiden in den düsteren Schlund des Gangs und auf die vielen Zuleitungen und Kabel, die sich über ihren Köpfen entlangstreckten. Es zischte und brodelte und die beiden wussten nicht so recht, ob sie wieder umkehren oder doch weitergehen sollten. Waren hier am Ende gar Außerirdische und deren Technologien am Werke? Waren die Aliens vielleicht längst auf der Erde und gaukelten ihnen nur etwas vor? Vielleicht waren sie es gar, die den dritten Weltkrieg inszenierten? Vielleicht war es überhaupt nicht möglich, dagegen etwas zu tun? Aber wer -oder was- war dann dieser Vogel, der ihnen so bereitwillig weitergeholfen hatte? Es half wohl nichts, wenn sie wollten, hinter dieses unheimliche Geheimnis zu kommen, mussten sie unbedingt weiterlaufen. Und so erhoben sie sich und gingen einfach weiter, einfach unter den Rohrleitungen und den vielen Kabeln hindurch...

Plötzlich verzweigten sich die Kabel und mündeten zusammen mit den Rohren in einer riesigen Schale, die einer übergroßen Stahlschüssel glich.

Plötzlich vernahm Sunny ein Atmen, ein Hüsteln oder Räuspern – wer konnte das sein, es war doch niemand zu sehen

Als sie sich der gefäßartigen Schale näherten, wurde sie durchsichtig und gab den Blick ins Innere frei! Was die beiden dann zu sehen bekamen, verschlug ihnen regelrecht die Sprache! In der Schale, in einer Art Nährlösung, pulsierte etwas, das sie sofort erkannten, es war ein menschliches Gehirn!

Den beiden stockte der Atem – wieso führten alle Wege zu diesem Gehirn? Wer war das? Oder sollten sie besser fragen, *„was"* es war? Mutig näherte sich Sunny der transparenten Schüssel und berührte sie schließlich wagemutig. Sofort sprang er zu seinem Papa zurück und die beiden verbargen sich hinter einer Säule. Zunächst tat sich nichts, aber dann wurde ein kratziges Räuspern hörbar und eine Stimme begann zu sprechen. Sie hörte sich merkwürdig an, wie die Stimme eines älteren Mannes, der deutsch sprach: *„Bleibt wo ihr seid und kehrt sofort wieder um!"* Die beiden rührten sich nicht und starrten unentwegt aus ihrer sicheren Deckung hinter der Säule zu der rätselhaften Schüssel. Der Papa hatte ein elektronisches Übersetzungsgerät dabei, so konnten sie die Worte gut verstehen. Schließlich sprach die Stimme weiter: *„Ja, wie ihr seht – ich lebe noch – das heißt mein Geist lebt noch – mein Körper ist jedoch schon lange verbrannt. Es war kurz nach Ende des 2. Weltkrieges. Da hat man lange nach mir gesucht. Doch nur mein Leibdiener und eine Frau wussten, was mit mir war. Tja, die deutsche Idee schien damals tot zu sein, doch sie war es nicht! Sie lebte weiter und wurde stärker und stärker. Wissenschaftler haben mein Gehirn am Leben gehalten, doch irgendwann sind sie nicht mehr gekommen, vermutlich waren sie gestorben oder gefangen genommen worden. Und dann kamen sie, die Außerirdischen, für die Zeit und Raum kein Hindernis mehr waren. Sie haben mich in diese Welt gebracht, doch sie sind auch wieder verschwunden. Schließlich wollte ich zurück in meine Welt, zurück auf die Erde! Und ich wollte meinen Traum vom -Dritten Reich- vollenden. Es scheint, als wird es in Kürze soweit sein – der dritte*

Weltkrieg wird euch alle vernichten und die deutsche Rasse überall auf der Welt verbreiten. Und ich werde dessen Führer sein, zurückkehren und mein wundervolles Werk einer Herrenrasse, einer menschlichen Gattung, die alles beherrscht, zu Ende bringen. Großdeutschland wird siegen, schon bald wird es soweit sein! Und ihr könnt es nicht mehr verhindern! Ich bin der Führer aller Deutschen! Und Euer -Weißes Haus- unterstützt mich dabei! Ich bin der Herrscher, ich bin Adolf Hitler!"

Starr vor Schreck bemerkten die beiden Eindringlinge, in welcher Gefahr sie sich befanden! Überall an den Wänden begannen seltsame Streifen zu leuchten. Sie erhellten rote Flaggen, die allesamt ein schwarzes Hakenkreuz in sich trugen. Über der Schale mit dem Hirn flackerte ein grünliches Hologramm. Es zeigte eine furchteinflößende Stadt, über der ein einziges Wort fluktuierte: *Germania!* Kein Zweifel, das war die von Hitler und seinem Architekten Speer konzipierte deutsche Reichshauptstadt, die nie gebaut wurde. Dieses Hirn, welches sich als Adolf Hitler ausgab, wollte also auch *das* verwirklichen, die Reichshauptstadt *Germania* errichten, wo dann die vermeintliche Herrenrasse residierte – was für ein wahnsinniger Gedanke, welch eine verrückte und zugleich gefährlich-gruselige Idee! Was für ein wirrer Alptraum! Neben der Schale mit dem Hirn standen marmorne Säulen auf denen marmorne Reichsadler thronten. Der ganze Saal hatte einen grausig anmutenden Schein, eine äußerst aggressive Widerlichkeit, die sich kaum in Worte fassen ließ. Waren das vielleicht die Gedanken des deutschen Führers Adolf Hitler?

Als die Stimme verstummte, war es minutenlang totenstill. Sunny zitterte vor Angst und sein Papa wusste wohl auch nicht mehr, was er zu alledem sagen sollte. Adolf Hitler – wie konnte das sein? Natürlich, man war sich nie so ganz sicher, was mit diesem Verbrecher wirklich geschehen sein konnte. Manche meinten, er würde noch leben. Aber war das blubbernde Hirn da vor ihnen wirklich *Hitlers* Gehirn? Sollte wirklich jemand sein Gehirn gerettet und hierhergebracht haben, wo man es schier unsterblich werden ließ? Die beiden waren fassungslos. Und was war das für eine verzerrte Geschichte, die das Hirn erzählt hatte – Außerirdische, die schon wieder verschwunden waren? Gab es die wirklich oder hatte dieses Hirn da vor ihnen jeglichen Bezug zur Realität verloren? War es am Ende gar verrückt?

Plötzlich vernahmen die beiden ein Klappern. Und eh sie sich besinnen konnten, öffneten sich mehrere Schotten, die sich in der Felswand des Stollens befanden. Aus ihnen traten Dutzende Männer hervor, die allesamt aussahen wie Adolf Hitler einst. Sie hielten Revolver in ihren Händen und schossen wild um sich. Die beiden Eindringlinge ahnten, dass sie den Raum nicht mehr lebendig verlassen würden, wenn ihnen nicht irgendetwas einfiel. Immer näher rückte die wild herumballernde Todesgarde und ihre schwarzen Uniformen trugen die Initialen einer totbringenden Rotte: SS!

Nun war wirklich guter Rat teuer, doch den gab es leider nicht. Am Boden erblickte Sunny mehrere große runde Steine. Ohne lange darüber nachzudenken, hob er einen dieser Steine auf und warf ihn in Richtung der schießwütigen SS-Leute. Die wichen nicht zurück, wehrten den Stein mit ihren Waffen ab. Der fiel aber nicht herunter – er prallte ab und flog geradeweg auf die Schüssel mit dem Gehirn zu. Nichts und niemand hielt ihn mehr auf und durch den Schlag des SS-Mannes hatte er wohl einen viel stärkeren Drall bekommen. Krachend schlug er in die Schale ein. Sie zerbarst und die klebrig gelbgrüne Flüssigkeit, in welcher eben noch das Gehirn pulsierte, plätscherte auf den Boden. Das Gehirn, welches nun nicht mehr in der Flüssigkeit versorgt werden konnte, fing Feuer und zerstob in einer riesigen Stichflamme zu Asche. Die Stimme verstummte, doch das Feuer hatte schon nach wenigen Sekunden die Kabel erreicht, die ihrerseits Feuer fingen und lichterloh in Flammen standen. Die SS-Schergen hatten wegen des fehlenden Hirns keinen mehr, der ihnen Befehle geben konnte. Sie fielen einfach um brannten nach wenigen Sekunden wie Zunder. Es waren wohl nur Androiden, die keinerlei Leben in sich hatten. Das Feuer aber hatte nicht nur sie vernichtet, auch die beiden Eindringlinge waren in großer Gefahr. Sunny und sein Papa hatten keine Gelegenheit mehr darüber nachzudenken, was sie gerade erlebt hatten. Sie mussten um ihr Leben rennen, während der Weg durch den Stollen von dichtem Qualm geflutet wurde. Es sah ganz so aus, als wenn sie in dem tosenden Inferno von Feuer und Rauch sterben müssten.

Doch an der Decke des Stollens befanden sich dutzende von Düsen, die sich plötzlich aktivierten. Sie sprühten Wasser in einem dichten feuchten Nebel auf das Feuer, welches nach einigen Minuten vollständig gelöscht wurde.

Sunny und sein Papa erreichten den Aufstieg, welchen sie mit allerletzter Kraft hinaufkletterten. Oben erwartete sie bereits ein Tropfen-Taxi, welches sie flugs zu ihrer Silberwolke nach Berlin trug. Als sie endlich wieder in der sicheren Zauberwolke saßen, atmeten sie auf. Sie waren total erschöpft und standen noch immer unter dem Eindruck des soeben Erlebten. Und nur ein Gedanke beschäftigte sie, während die Silberwolke nach Hollywood zurückraste: War die Welt nun gerettet?

2. Schlusswort

Es stellte sich heraus, dass es ein wahnwitziges Computerspiel war, welches ein kleiner Junge aus New Jersey erfunden hatte, der sich eine Welt von Herrschern und Untergebenen ersehnte. Seine irrsinnigen Träume konnte er mit Hilfe eines neuen Hologramm-Computerprogramms, welches er selbst erschaffen hatte, in die Wirklichkeit umsetzten. Es schien alles total real, doch alles war nur eine perfekte Illusion.

Der Junge hatte diese unwirkliche Welt erschaffen, hatte sogar die Insel Crown angegriffen, doch sie wurde nicht wirklich zerstört. Es war nur eine gelungene Illusion, die so echt war, dass sie sogar in den Medien gezeigt wurde. So entstand schließlich die Angst vor dem dritten Weltkrieg.

Er hatte das Hirn von Adolf Hitler entworfen und wollte die Reichshauptstadt *Germania* neu erschaffen. Doch alles ging schief und der dritte Weltkrieg wäre beinahe ausgebrochen.

Sunny und sein Papa hatte er einfach nur in dieses Hologramm eingefügt. Und der seltsame Vogel, der zu den beiden sprach, war er selbst. Wieso aber plötzlich das Weiße Haus in den Träumen des kleinen Jungen auftauchte, vermochte niemand mehr sagen. Es war nur wichtig, dass der Krieg und damit das Ende der Welt abgewandt werden konnte.

Der kleine Junge gab seine unglaubliche Erfindung an das FBI und wurde dort sogleich als Computer-Spezialist beschäftigt.

Sunny jedenfalls war überglücklich, wieder zu Hause in Hollywood bei seiner Mami zu sein. Und sein Papa winkte ihm noch einmal zu, als er mit seiner Silberwolke davondriftete. Irgendwie war Sunny stolz, all das erlebt zu haben. Immerhin hatte er die Welt gerettet, auch, wenn es nur eine Illusion war. Er wusste nun, dass er jederzeit bereit war, für sein Heimatland Amerika zu kämpfen. Und er wusste, dass er dabei nicht allein war. Gemeinsam mit seinem Papa und seiner Mami, die daheim alles für ihren kleinen mutigen Sohn tat, schaffte er alles! Ja, so war es richtig, so sollte es immer sein!

Doch eines nachts drang ein sonderbares Flüstern an seine Ohren. Es hörte sich an wie:

„Ich habe überlebt!"